아름다운 세상

아름다운 세상

글 · 이도환

펴낸이 | 최병섭
펴낸곳 | **이가출판사**

초판발행 | 2003년 7월 25일

출판등록 | 1987년 11월 23일(제1-547호)
주   소 | 서울시 마포구 현석동 44번지(대진빌딩 202호)
대표전화 | 713-1993
팩시밀리 | 713-1994

〈값 7,800원〉

잘못된 책은 바꿔드립니다.

ISBN | 89-7547-060-1 (03810)

아름다운 세상

글 · 이도환

이가출판사

머릿말

우리네 인생살이는, 물론 작은 차이는 있겠지만 대부분 힘들고 어려움의 연속입니다. 삶의 무게가 버거워 어깨가 저리고 지친 무릎이 꺾이기도 합니다. '남들은 다들 행복해 보이는데……' 라는 생각도 듭니다.

그러나 이런 이야기가 있습니다.

행복에게는 열 명의 자식이 있는데, 그 이름이 미움, 분노, 싸움, 질투, 고통, 슬픔, 이별, 눈물, 아픔, 그리고 질병이라고 합니다. 행복과 같이 살고 싶다면 당연히 행복에게 딸린 아픈 자식들도 따스하게 보듬어 안아야 합니다.

사랑은 태양처럼 세상 모든 곳으로 퍼지는 빛과 같습니다. 마치 꽃이 향기를 뿜는 것과 같이 말입니다.

그렇기에 세상은 아름답습니다.

세상의 단 한 사람만을 위해 향기를 내는 것이 아니기에 꽃은 아름답습니다.
세상의 단 한 사람만을 위해 빛나는 태양이 아니기에 세상은 밝습니다.
당신의 사랑도 그렇기를 바랍니다.

이 책에는 사랑하는 마음으로 세상을 따스하게 만드는 사람들의 이야기, 사랑하는 마음으로 세상을 환하게 만드는 사람들의 이야기, 사랑하는 마음으로 세상을 아름답게 만드는 사람들의 이야기를 모았습니다.

너무 작은 사랑에 지쳐, 오히려 사랑이 미움으로 변하기 쉬운 요즘입니다. 더욱 큰사랑으로 세상을 밝혀주는 당신이 되기를 바랍니다.
가난했던 지난 시절이 행복했던 이유는 서로 아끼는 마음이 풍족했기 때문일 것입니다.

c·o·n·t·e·n·t·s

하나

둘

세엣

네엣

아무도 모르게 **당신**을 사랑합니다

마음속에 간직한 사랑 하나만으로도 저는 **행복**합니다

하나

아름다운 **거짓말**로 인해
때로는 **사랑**을 받고 있다는 느낌이 들 때가 있습니다

특별한 과일바구니

양손에 장바구니를 들고 버스 정류장에 서 있는데 뒤에서 부르는 소리가 들렸습니다. 뒤돌아보니 낯모르는 남자가 뛰어오고 있었습니다.

"저 죄송합니다만…."

남자는 한참을 망설이더니 자신이 당한 난처한 일을 장황스럽게 늘어놓기 시작했습니다.

출장을 왔다가 지갑을 잃어버려 가진 돈이 하나도 없는데, 틀림없이 갚을 테니 차비를 좀 빌려달라는 이야기였습니다.

그러나 처음 보는 사람의 그런 말에 속은 경험이 몇 번 있던 터라 미안하지만 지금 돈이 없다고 말하며 돌아섰습니다. 그러나 그 남자는 포기하지 않고 정말 필사적으로 매달렸습니다. 결국 속는 셈치고 돈을 빌려주었습니다.

"좋아요. 그럼…."

남자는 고맙다며 몇 번이나 인사를 하더니 연락처를 달라고 했습니다.

"다음 주 화요일 1시까지는 꼭 연락드리겠습니다."

집으로 돌아와 남편에게 그 이야기를 하자 남편은 또 당했다면서 면박을 주기 시작했습니다.

"당신이 무슨 자선사업가야? 전에도 당한 적이 있으면서 또 돈을 줬다구? 에이고, 바보."

바보 같다는 남편의 말에 왈칵 눈물이 나왔습니다.

"이번은 아니야! 정말 그 사람은 아닐 거야! 속은 게 절대 아니야! 화요

일이 되면 정말 연락을 하고 돈을 갚을 거야."

그렇지만 남편은 믿지 않는 눈치였습니다.

'아, 하느님! 화요일에 꼭 연락이 오게 해주세요!'

나는 속으로 빌고 또 빌었습니다. 돈이 아까워서가 아니라 믿음이 사라질까 두려웠던 것입니다. 그리고 남편의 바보라는 말에 대갚음을 해주고 싶기도 했습니다.

드디어 화요일이 되었습니다. 그러나 기다려도 전화는 오지 않았습니다.

"그것 봐! 내가 뭐라고 했어?"

남편은 풀이 죽어 있는 나를 보며 다시 놀리기 시작했습니다. 나는 그 말에 대꾸할 힘도 없었습니다.

그렇게 며칠이 지난 뒤 커다란 과일바구니 하나가 배달되어 왔습니다. 봉투 하나와 함께.

> 안녕하십니까. 지난번에 돈 빌려 간 사람입니다.
> 사정이 있어 조금 늦었습니다.

과일바구니 속에는 메모와 함께 빌려 준 액수보다 조금 많은 돈이 들어 있었습니다.

"와! 정말 약속을 지켰네! 그럼 그렇지."

나는 돈을 받았다는 사실보다 믿음이 어긋나지 않았다는 사실에 더 기분이 좋았습니다. 그래서 퇴근한 남편을 앉혀 놓고 과일바구니 이야기며, 사람에 대한 믿음이 어떻다는 등…. 한참을 떠들어댔습니다.

"돈 굳었네. 한턱 내."

그런데 남편은 의외로 담담한 반응이었습니다.

그런데 더 놀라운 일이 생겼습니다. 그 다음날 한 남자로부터 전화가 걸려왔습니다.

"기억나세요? 얼마 전에 버스 정류장에서 돈을 빌린 사람입니다."

"물론 기억나죠. 보내 주신 과일은 정말 맛있게 잘 먹고 있습니다. 고맙습니다."

"예?"

"어제 과일하고 돈 보내 주신 것 말예요."

"어? 저 아닌데요? 그러잖아도 오늘 아침에야 전화번호하고 주소를 적었던 쪽지를 찾았거든요. 그래서 이제야 전화 드린 겁니다. 그동안 나쁜 놈이라고 욕 많이 하셨죠? 정말 죄송합니다. 계좌번호를 알려주시면 오늘 안으로 보내 드리겠습니다."

'그렇담, 어제의 과일바구니는 이 사람이 아니면 도대체 누구지?'

정말 혼란스러웠습니다. 그렇게 골똘히 생각에 잠긴 나에게 퇴근하고 돌아온 남편이 무슨 일이냐고 물었습니다. 그래서 돈 빌려간 남자에게서 전화가 왔다는 말을 해주자 갑자기 눈을 동그랗게 뜨며 되묻는 것이었습니다.

"뭐? 정말?"

남편은 믿어지지 않는다는 표정이었습니다.

"그런데 말이야, 그럼 그 과일바구니는 누가 보냈을까? 혹시 잘못 배달되어 온 건가?"

내가 중얼거리자 남편은 무언가 억울하다는 듯 입을 열었습니다.

"에이, 괜히 과일값만 들었잖아. 내 돈이나 돌려줘."

어린아이처럼 내게 손을 내미는 남편! 잔잔한 사랑이 전해옴을 느낄 수 있었습니다.

사랑하는 사람을 위해 흘리는 땀은
꿀물처럼 달콤합니다

남편의 신문배달

언제부터인가 사정없이 툭 튀어나와 버린 남편의 배를 보며
아내는 잔소리를 늘어놓았습니다.

"운동 좀 해요. 이제부터는 몸 관리를 해야 한다구요."

"운동? 헬스클럽이라도 다닐까? 거긴 엄청 비쌀 텐데….."

일요일에도 꼼짝하지 않고 누워만 있던 남편이 TV 리모컨을 들고 대답했습니다.

"헬스클럽은 무슨 헬스클럽이예요. 아침 일찍 일어나 그냥 달리기라도 하면 되죠. 우리 형편에 무슨 돈까지 써가며 운동을 해요!"

아내는 남편에게 눈을 흘기며 말했습니다. 누구나 그렇듯이, 예전이나 지금이나 빠듯한 살림을 꾸려가기는 마찬가지입니다.

날이 갈수록 점점 살이 찌는 남편을 볼 때마다 아내의 걱정도 커져갔습니다. 그렇다고 움직이기 싫어하는 남편을 운동시킬 수 있는 뾰족한 방법도 떠오르지는 않았습니다.

그러던 어느 날, 퇴근해서 돌아오는 남편이 근사한 자전거 한 대를 끌고 집으로 들어섰습니다.

"어때? 자전거 한 대 장만했어. 내일부터 새벽에 일어나 운동 좀 하려고."

아내는 어이가 없었습니다. 빠듯한 살림살이에 자신은 허리가 휘어지는데, 운동을 한다고 자전거를 사오다니…. 운동을 하려면 달리기를 하거나 줄넘기나 하면 되지, 돈까지 써가며 운동을 하겠다는 남편을 아내는 이해할 수 없었습니다.

'자기가 돈을 많이 벌어온다고 생각하는 모양이지? 나는 백 원이라도

아끼려고 하는데…. 며칠 하다가 그만두기만 해봐라, 내가 가만있지 않을 테니까….'

그런데 남편은 다음날부터 하루도 빠짐없이 새벽이면 일어나 자전거를 타러 나가기 시작했습니다. 비가 오는 날도 아랑곳하지 않고 자전거를 끌고 나갔습니다.

"여보, 너무 무리하는 거 아니에요?"

"아니야, 이래야 운동이 된다고."

남편의 회사는 요즘 부도 위기에 몰려 큰 어려움을 겪고 있다는 것을 아내도 알고 있습니다. 그렇기에 매일 밤 12시가 되어서야 초죽음이 된 모습으로 집으로 돌아오는 남편입니다. 그런데도 어김없이 새벽에 일어나 운동을 나가는 것을 보면 안쓰럽다는 마음이 들기도 했습니다.

그러던 어느 날, 어김없이 알람이 새벽을 뒤흔들어 놓았지만 남편은 꼼짝을 하지 않았습니다. 정신없이 자고 있는 남편의 얼굴이 문득 불쌍해 보였습니다.

'그래, 오늘만이라도 푹 자게 내버려두자.'

아내는 알람을 꺼버리고 부엌으로 나가 아침 준비를 시작했습니다. 그렇게 1시간 정도 지났을까? 갑자기 전화벨이 울렸습니다.

"여보세요? 거기 박진수 씨 댁이죠? 여기 신문배급손데요, 아직도 안 나오면 어떡해요?"

아내는 전화 수화기를 든 채 멍하니 서 있었습니다. 남편의 자고 있는 모습을 바라보니 측은한 마음에 눈물이 흘러내렸습니다. 아내는 자고 있는 남편을 살며시 안아주었습니다.

"아니! 왜 이래? 무슨 일이야?"

"아니요, 그냥…. 당신 불룩한 배가 오늘은 참 따뜻하네요."

어머니는 죽지 않습니다
다만 예전에 내가 엄마 뱃속에 있었듯이,
이젠 어머니가 다시 내 마음속으로 들어오실 뿐입니다

분홍 머리핀

크리스마스를 며칠 앞 둔 어느 날, 은희 엄마는 메모지 한 장을 들고 집 근처에 있는 대형 쇼핑센터를 찾았습니다. 메모지에는 선물을 줘야할 사람들의 이름이 가득 적혀 있었습니다.

'그래, 꼭 비싼 물건이 아니더라도 올해만큼은 작은 선물이라도 준비해야지.'

생각은 그렇게 하고 있었지만 들고 나온 지갑은 너무나 얇았습니다.

연말이 되어 발 딛을 틈도 없이 복잡한 쇼핑센터에서, 그것도 빠듯한 예산으로 선물을 마련한다는 것은 정말 어려운 일이었습니다.

1시간 넘게 고르고 고른 선물들을 쇼핑 카트에 담은 은희 엄마는 지친 발걸음으로 계산대로 향했습니다.

은희 엄마 앞에는 허름한 옷차림의 두 아이가 서 있었습니다. 남자아이는 아홉 살 정도, 동생인 듯한 여자아이는 더 어려 보였습니다.

그들의 외투는 얇고 더러웠으며 신고 있는 신발은 물론 낡은 청바지도 그들의 몸에 비해 턱없이 작아보였습니다. 그러나 그들은 서로 귓속말로 중얼거리며 마냥 들뜬 얼굴을 하고 있었습니다.

그들이 들고 있는 물건은 반짝반짝 빛이 나는 분홍 머리핀이었습니다.

마침내 그 아이들 차례가 되자 여자아이는 조심스럽게 분홍 머리핀을 계산대 위에 올려놓았습니다.

"5천 원입니다."

점원이 그렇게 말하자 두 아이는 서로를 쳐다보며 당황한 표정을 지어보였습니다. 남자아이가 재빨리 손에 들고 있던 천 원짜리지폐 네 장을 계산대 위에 올려놓고는 주머니를 뒤졌지만 주머니에서 나온 것은 동전 몇 개뿐이었습니다.

"죄송합니다. 이 물건을 원래의 장소에 갖다 놓을게요. 돈이 모자라서…. 다음에 다시 올게요."

남자아이가 분홍 머리핀을 다시 잡으며 그렇게 말하자 여자아이가 울먹이며 작은 목소리로 말했습니다.

"이 머리핀 엄마가 보면 무척 좋아하실텐데…."

"괜찮아, 울지마. 돈을 더 구하면 돼. 다음에는 꼭 다시 살 수 있어."

남자아이가 동생을 토닥였습니다. 바로 뒤에서 그 이야기를 듣고 있던 은희 엄마는 서둘러 지갑에서 천 원을 꺼내어 점원에게 건네주었습니다.

그러자 여자아이가 은희 엄마를 바라보며 활짝 웃어 보였습니다.

"고맙습니다, 정말 고맙습니다."

은희 엄마는 여자아이의 머리를 쓰다듬으며 말했습니다.

"아니란다. 내가 도와주고 싶어서 그런 건데 뭐. 그런데 이 머리핀은 엄마한테 선물할거니?"

그러자 곁에 서 있던 남자아이가 말했습니다.

"우리 엄마가 지금 몹시 아프셔요. 그래서 곧 천국에 가신대요. 천국에 가서 예수님과 함께 있을 거래요."

여자아이는 머리핀을 손에 들고 마냥 기뻐하며 말했습니다.

"목사님이 그러셨는데요, 하늘나라에 가면 천국의 거리가 있는데 거기에는 예쁜 천사가 아주 많데요. 아마 우리 엄마도 이 분홍 머리핀을 머리에 꽂고 하늘나라에 가면 천사만큼 예쁠 거예요."

그렇게 말하는 여자아이의 얼굴은 웃고 있었지만 그 눈에는 작은 이슬이 맺혀 있었습니다.

"그렇구나, 정말 잘 어울릴 거야. 정말…"

눈이 필요한 사람에게는 눈을,
다리가 **필요한** 사람에게는 자신의 다리를 떼어준
천사들이 우리 곁에 있습니다
다만 우리가 못 볼뿐입니다

두 명의 천사

"선택하세요. 누나예요, 아니면 나예요."

약혼녀로부터 그 말을 들은 나는 깊은 고민에 빠졌습니다. 세상에서 가장 아름답다고 생각했던 여인이었습니다. 하지만 교통사고를 당한 누나와 함께 살겠다는 말에 약혼녀는 차갑게 변했습니다.

"누나는 나에게 어머니 같은 분이야. 어려서 부모님을 잃었지만 누나

때문에 지금의 내가 있는 거야. 누나는 나를 뒷바라지하느라고 중학교도 중퇴하며 돈을 벌어 나를 대학까지 공부시켜 주었다구. 그 덕에 내가 당당한 사회인이 될 수 있었던 거야. 이제는 누나곁에 내가 있어주어야 할 차례라구. 그런데 누나를 버리라고?"

나는 눈물을 머금고 약혼녀와 헤어지기로 결심을 하였습니다.

서른이 넘도록 동생 뒷바라지를 하느라 결혼도 하지 못한 누나, 학력이라고는 중학교 중퇴가 고작인 누나는 택시기사로 열심히 일했습니다.

많이 배우지는 못했지만 누구보다도 바른 생각을 지니고 있었습니다.

노인이나 장애인을 보면 그 누구보다 먼저 달려가 택시에 태우곤 했습니다. 그 사람들이 차에서 내려 집에 들어갈 때, 어두운 골목길을 헤드라이트로 밝혀주는 것 또한 잊지 않는 착한 마음을 지닌 누나였습니다.

많지 않은 수입으로 빠듯한 살림을 꾸려가면서도 양로원에 매달 후원비를 보내는 것도 잊지 않았습니다.

그런 누나에게 엄청난 사고가 일어나고 말았던 것입니다. 중앙선을 넘어 달려오는 트럭에 부딪친 것입니다. 트럭은 뺑소니를 쳤고 누나는 겨우 목숨은 구했지만 두 다리는 쓸 수 없게 되었습니다.

불구가 된 누나와 함께 살아야 한다는 사실 때문에 제 결혼은 물거품이 되었습니다. 그렇게 세상에서 가장 아름다운 여자로 생각했던 약혼녀는 결국 제 곁을 떠나고 말았습니다.

그러던 어느 날, 누나와 함께 후원하던 양로원을 방문하기로 하였습니다. 누나가 사고를 당한 이후로 처음하는 뜻깊은 외출이었습니다.

그러나 정말이지 쉬운 일이 아니었습니다. 휠체어를 타고 있는 누나와 함께 서있는 우리를 태워주겠다는 택시가 없었습니다.

1시간을 넘게 길거리에 서 있던 누나가 힘없이 말했습니다.

"나는 그냥 집에 있어야겠다. 너 혼자⋯."

누나의 말이 채 끝나기도 전에 택시 한 대가 우리 앞에 섰습니다. 그리고 운전기사가 밖으로 뛰어나와 누나를 부축해서 택시에 태우더니 누나의 휠체어를 능숙한 솜씨로 트렁크에 넣었습니다.

택시기사는 예전의 누나를 연상케 하는 여자였습니다.

양로원에 도착했을 때는 어느덧 캄캄한 밤이었습니다. 택시에서 내려 휠체어를 밀고 어두운 길을 가는 동안, 택시기사는 자리를 떠나지 않고 그 자리에 서서 헤드라이트로 우리의 길을 밝혀 주었습니다. 오래 전 누나가 그랬던 것처럼 말입니다.

그리고 저는 지금, 천사만큼이나 아름다운 두 여자와 함께 살고 있습니다.

아무도 모르게 **당신**을 사랑합니다
마음 속에 간직한 사랑 하나만으로도 저는 **행복**합니다

아버지의 상처

아버지가 돌아가셨다는 소식을 접한 아들은 어쩔 수 없이 시골로 떠날 준비를 했습니다.

'평생 나한테 해준 게 뭐가 있다구! 그런데 이젠 돌아가셨다고?'

아들은 시골로 향하는 버스 안에서 깊은 한숨을 몰아쉬었습니다. 아들은 성인이 될 때까지 고아원에서 자랐습니다. 그래서 자신을 버린 아버지가 미웠습니다.

고등학교에 다닐 무렵, 고아원 원장님으로부터 아버지에 대한 이야기를 처음 듣고 시골로 찾아갔던 적이 있었습니다. 그는 거기서 짐승처럼 살아가는 아버지를 만날 수 있었습니다. 아버지는 언제 사고를 당했는지 화상으로 일그러진 모습을 하고 있었습니다. 아들은 너무나 큰 충격을 받고 아버지와 한마디 말도 나누지 않고 그대로 돌아오고 말았습니다.

'당연한 일이야! 자식을 고아원에 버리고 엉망으로 살았을 게 분명해. 그런 아버지는 없는 편이 더 나아!'

아들은 속으로 그렇게 외치며 아버지를 외면했습니다.

그 후 아들은 성장하여 결혼을 하고 가정을 이루었지만 아버지는 여전히 사람들 앞에 모습을 나타내지 않으며 홀로 외딴집에서 지내다가 삶을 마감했습니다.

'그래, 이것으로 모든 것을 정리하자. 아버지 시신만 화장하고 돌아오면 이제 모든 게 끝인 거야.'

아들은 돌아가신 아버지가 홀로 지내던 시골집으로 들어서면서 그렇게 다짐했습니다. 이것으로 아버지에 대한 미움도 모두 없애버리겠다고 말입니다.

"자네도 알고 있겠지만, 자네 아버지는 심한 화상을 입지 않았는가. 그래서 화장만은 시키지 말아달라고 죽기 전에 나한테 유언을 남겼다네. 뜨거운 불이 왜 아니 무서웠겠나!"

아버지와 같은 동네에 살던 마을 사람이 아들에게 그렇게 말했지만 아들은 화장을 고집했습니다. 결국 아들의 뜻대로 아버지는 한줌의 재로 남았습니다.

화장을 마친 아들은 아버지가 살던 집으로 돌아와 아버지가 덮었던 때 묻은 이불과 헤진 옷가지들을 비롯해 아버지의 유품들을 모두 모아 불에 태우기 시작했습니다.

마지막으로 책들을 끌어내 불 속에 집어넣던 아들의 눈에 낡은 노트 한 권이 보였습니다.

'무슨 노트일까?'

아들은 호기심에 노트를 펼쳐 들고 읽기 시작했습니다.

> 집으로 돌아왔을 때 집은 이미 불길에 휩싸인 후였다. 소방관이 '이미 늦었다'며 나를 말렸지만 나는 그럴 수 없었다. 불길을 뚫고 들어가자 아내가 보였다. 그러나 아내는 아들을 끌어안고 이미 죽어 있었다. 나는

아내를 포기하고 아들을 이불로 감싸 안고 밖으로 뛰어나왔다. 내 몸은 화상으로 엉망이 되었지만 다행스럽게도 아들은 온전했다.

나는 아무런 일도 할 수가 없다. 온몸에 화상을 입었기 때문이다. 할 수 없이 아들을 고아원에 맡기고 말았다.

여보! 내가 당신을 여보라고 부를 자격이 있는 놈인지조차 모르겠소. 그 날 당신을 불길 속에 그냥 두고 나온 날 용서하구려. 이제 당신 곁으로 가려고 하니 너무 날 나무라지 말아요. 당신은 그곳에서 내려다보니 나보다 더 잘 알고 있겠지만 우리 아들은 훌륭하게 잘 성장해서 가정 꾸미고 잘 산다오.

보고 싶은 내 아들아! 평생 너에게 아버지 역할도 제대로 못하고 이렇게 짐만 되는 삶을 살다가 가는구나. 염치 불구하고 한 가지 부탁이 있다. 내가 죽거들랑 절대로 화장은 하지 말아다오. 난 불이 싫단다. 평생 밤마다 불에 타는 악몽에 시달리며 30년 넘게 살았단다. 그러니 제발….

29

새 것에는 상쾌함이 있지만
오래된 것에는 따스한 온기가 있습니다

낡은 인형

내가 고등학교 다닐 때였습니다. 오랫동안 셋집을 전전하다

가 드디어 우리 집을 마련하여 이사를 가는 날이었습니다.

"엄마! 그건 왜 또 챙겨?"

조금 전에 내가 내다버렸던 후줄근한 인형을 다시 챙겨 들고 나오는 엄마를 발견한 나는 얼굴을 찌푸리며 말했습니다.

"이 인형이 왜 어때서?"

"너무 낡았잖아. 그리고 이젠 누가 그걸 가지고 논다고 그래…. 새집으로 이사 가는 마당에 그런 낡은 인형은 왜 또 챙겨?"

"그래도 이 인형은 네가 어렸을 땐 얼마나 좋아했던 인형인데…."

"내가? 난 그런 기억도 없는데…. 그리고 내가 좋아했었다고 해도 이젠 싫어. 그러니까 그냥 버려."

그러나 엄마는 내 말은 아랑곳없이 그 인형을 가슴에 꼭 안고 이삿짐 트럭에 올랐습니다. 그리고 그 인형에 대해서 나는 까마득히 잊고 있었습니다.

어느덧 세월은 흘러 나는 결혼을 했고, 또 엄마가 되었습니다. 그리고 열심히 생활한 덕분에 결혼한 지 6년만에 내 집을 장만하여 이사를 갈 수 있었습니다.

어느 정도 짐 정리가 끝났을 때였습니다. 베란다에 놓여있던 몇 개의 박스를 끌러 마지막 정리를 하고 있는 제 곁에는 다섯 살 난 딸아이가 따스한 봄 햇살을 만끽하고 있었습니다.

"엄마, 나도 도와줄께."

"그래, 그 대신 더 어질러놓으면 안 돼! 알았지?"

"응, 알았어. 나도 잘 할 수 있다구."

딸아이는 자그마한 박스 하나를 앞에 두고 앉아 뚜껑을 열었습니다. 그리고는 눈을 반짝이며 물었습니다.

"우와! 엄마! 이게 다 뭐야?"

그 작은 박스에 들어 있던 것들은 모두 제가 어린 시절에 가지고 놀았던 자질구레한 장난감들이었습니다.

고리가 떨어져나가고 색이 바랜 가지각색의 장난감들 사이에는 고등학교 시절에 잠깐 보았던 낡은 인형도 같이 끼여 있었습니다.

딸아이는 장난감 팔찌를 손목에 걸어보고 반지도 손가락에 끼워보면서 마냥 즐거워했습니다.

"엄마, 나 이거 다 가질래."

그 박스는 친정에서 가져온 것이었습니다. 그리고 박스 속에는 친정어머니가 곱게 적은 편지 한 장이 들어있었습니다.

> 내가 모두 다 깨끗하게 닦아 보관하고 있었단다. 낡
> 았지만 이 장난감들 속에는 우리들의 소중한 추억이
> 깃들여 있단다. 새 집으로 이사간 것 축하한다.

작은 상자를 들고 자기 방으로 뛰어가는 딸아이의 뒷모습을 보면서 문

득 눈시울이 뜨거워졌습니다.

나는 왜 자꾸 앞으로만 걸어가려 했을까요. 정작 중요한 것은 등뒤에
있을지도 모르는데 말입니다.

당신이
내게 남기고 간 선물만으로도 충분히 행복합니다

사랑의 편지

"엄마, 오늘밤에 정말 산타할아버지가 선물을 가지고 오실까?"

"그럼, 꼭 오실 거야. 그런데 잠을 자지 않으면 오시지 않는단다. 알았지? 그러니 어서 자야 해."

정희 엄마는 딸아이를 토닥여주었습니다. 정희는 그런 엄마의 말을 듣고 안심한 듯 눈을 꼭 감은 채 중얼거렸습니다.

"산타할아버지, 이제 잘게요. 꼭 오세요."

정희 엄마는 그런 딸아이를 보자 다시 코끝이 시큰해졌습니다. 그래서 얼른 방에서 나와 혼자 앉아 눈물을 흘렸습니다.

다시 돌아온 크리스마스가 오히려 슬펐습니다. 매년 크리스마스가 되면 남편은 아픈 몸을 이끌고 병원을 나와 집으로 오곤 했습니다. 산타 복장을 하고 딸아이에게 선물을 주기 위해서였습니다. 그러나 올해는 그럴 수 없습니다.

"여보…."

남편은 긴 투병생활을 했습니다. 반드시 나아서 집으로 돌아오겠다고 그렇게 다짐을 했지만, 남편은 지난 여름, 병을 이기지 못하고 하늘나라로 떠났습니다.

남편을 떠나보낸 후 처음 맞이하는 크리스마스는 그렇게 슬픔으로 다가왔습니다.

그렇지만 계속 슬픔에 빠져 있을 수는 없었습니다. 딸아이를 위해 준비한 선물을 딸아이가 잠든 후에 몰래 갖다놓아야 하기 때문입니다.

정희 엄마는 눈물을 닦아내고 딸아이가 깊이 잠들었는지 확인하기 위해 일어섰습니다.

'어? 이상하다? 내가 분명히 불을 껐는데⋯.'

이상한 일이었습니다. 방안에 불이 켜있었습니다.

"정희야, 아직 안 자니? 정희가 불 켰니?"

정희 엄마는 조용히 물었습니다. 그러나 아이는 자고 있는지 아무런 대답이 없었습니다. 정희 엄마는 떨리는 가슴을 진정시키며 조심스럽게 정희 곁으로 다가갔습니다.

'아니, 이건 뭐야?'

정희 옆에 나란히 펼쳐져 있는 정희 엄마의 이부자리 위에 봉투가 하나 놓여 있었습니다.

정희 엄마는 조심스럽게 봉투를 집어들었습니다. 봉투겉면에 남편의 이름이 적혀있었습니다. 정희 엄마는 떨리는 가슴을 진정시킬 수가 없었습니다. 이 세상에는 이미 없는 남편의 편지였습니다. 정희 엄마는 천천히 편지를 읽어 내려갔습니다.

글을 쓸 힘이 없어 간호사에게 받아쓰게 하는 거라오. 여보! 무엇보다도 먼저 하고 싶은 말은 내가 이 세상에서 사랑했던 여자는 당신뿐이라는 거요. 고마운 당신, 그리고 가엾은 우리 아이 정희를 생각하면 가슴이 아프고, 돌이켜보면 한때라도 당신을 행복하게 해준

적이 없었던 것같아 마음이 아프오.

내 목숨이 얼마 남지 않았음을 나는 알고 있소. 내가 죽고 나면 당신과 정희의 고생이 어떨지 훤히 보이는 것 같아 마음이 무척 괴롭소. 하지만 여보, 나는 항상 당신과 정희를 지켜보고 있겠소. 내가 없다고 너무 슬퍼하지 말고, 내 사랑을 전하는 것으로 이번 크리스마스 선물을 대신하리다.

편지를 읽는 정희 엄마의 눈에 눈물이 가득 고였습니다. 그때 자고 있다고 생각했던 정희가 이불 밖으로 얼굴을 내밀었습니다. 이불 밖으로 내민 딸아이의 얼굴도 눈물로 범벅이 되어 있었습니다.

"엄마, 울지 마세요. 그 편지, 아빠가 병원에 계실 때, 크리스마스 날 엄마에게 드리라고 나한테 맡긴 거예요. 엄마, 울지마. 언젠가는 아빠를 다시 만날 수 있다고, 엄마가 그랬잖아."

정희 엄마는 딸아이를 꼭 끌어안았습니다. 딸의 온기가 남편의 빈자리를 채워주는 듯했습니다.

'고마워요, 여보. 당신이 내게 남긴 가장 값진 선물은 바로 정희예요. 고마워요.'

비틀거리지 마십시오
당신 **발자국**을 따라 길을 찾는 사람이 있습니다

아버지의 발자국

"**다** 집어치워!"

술이 만취된 아버지가 저녁상을 걷어찼습니다. 평소에는 말이 없는 아버지였지만 술만 마시면 난폭한 사람으로 변했습니다. 어머니는 그런 아버지를 보고는 부엌으로 몸을 숨겼고, 아이들은 모두 집 밖으로 도망

38

쳤습니다.

"어디 간 거야? 이리 나와!"

제정신이 아닌 듯 아버지는 집안 구석구석을 돌아다니며 닥치는 대로 물건을 부수었습니다. 그리고 가난과 불행이 모두 어머니 때문이라는 듯 어머니에게 폭력을 휘두르기 시작했습니다.

그러다가 아버지는 문득 이상한 느낌이 들어 뒤를 돌아보았습니다. 밖으로 도망쳤던 여섯 살 먹은 아들이 돌아와 문틈으로 방안을 엿보고 있었습니다. 술에 만취된 아버지였지만 아들이 보고 있다는 사실에 멈칫하여 멈춰섰습니다.

"내가 나간다! 내가 나가! 내 마음대로 되는 건 하나도 없다니까. 내가 나가면 그만이지."

아버지는 외투를 입으며 그렇게 소리치고는 비틀거리며 집을 빠져나 갔습니다. 신발을 찾아 신을 정신도 없었던 아버지는 맨발이었습니다. 밖에는 아까부터 내리던 눈이 제법 쌓여 있었고, 그 위로 계속 소담스 런 눈발이 내리고 있었습니다.

그렇게 걸어가던 아버지는 점차 술이 깨자 누군가 자신을 따라오고 있다는 느낌이 들어 돌아보았습니다.

어린 아들이 아버지의 커다란 신발을 양손에 한짝씩 들고는 힘겹게 아버지를 따라오다가 아버지가 뒤를 돌아보자 화들짝 놀라며 전봇대 뒤로 몸을 숨겼습니다.

아버지도 그런 아들을 보았지만 모르는 척 다시 성큼성큼 걷기 시작했습니다. 한참을 가다가 다시 뒤를 돌아본 아버지는 이상하다는 듯 고개를 갸웃거렸습니다.

'분명 아들 녀석이 따라오고 있는데, 어떻게 발자국은 내 발자국뿐일까?'

뒤로 길게 이어진 발자국은 비틀거리며 걸어간 자신의 발자국뿐이었습니다. 이상하다고 생각하며 다시 걸어가려는 순간 아버지 머리에 스치는 생각이 있었습니다.

'혹시 내 발자국을 따라서 저 녀석이?…'

그렇습니다. 아들은 아버지의 비틀거리는 발자국을 하나씩 다시 밟으며 따라오고 있었던 것입니다.

순간 아버지는 그대로 서서 참회의 눈물을 흘렸습니다.

"아빠, 여기 신발. 아빠, 발 시럽지?…"

그렇게 울고 있는 아버지에게 어린 아들이 다가와 신발을 내밀었습니다.

"아빠 발 시려울까봐, 내가 집에서부터 아빠 뒤를 따라 왔어. 아빠, 빨리 신발 신어."

아버지는 어린 아들을 끌어안으며 말했습니다.

"미안하구나, 어린 너에게 술 취해 비틀거리는 걸음을 따라오게 하다
니…"

하늘에서는 소담스런 눈발이 내리고 있었습니다.

죽음이 두려운 이유는,
내가 사랑하는 사람들이 눈물지으면
어쩌나 하는 생각 때문입니다

그리움만 남기고 간 사람

곱게 생긴 여자 환자가 있었습니다. 말이 조금 서툴고 투박해

서 고향이 어디일까 하는 궁금증을 일으켰던 환자였습니다.

그녀를 간호하는 사람은 그녀의 남편과 늙은 시어머니였습니다. 환자와 나이 차이가 제법 있어 보이는 남편과 늙은 시어머니는 그녀를 간호하느라 퍽 지쳐 보였습니다. 특히 다른 보호자들보다 차림이 초라하여 더욱 애처롭게 보였습니다. 식사시간이 되면 그들은 환자에게 나오는 밥을 함께 먹으며 끼니를 해결하곤 했습니다.

시어머니는 지나는 사람들마다 손을 붙잡고 며느리를 위해서 기도 좀 해달라고 부탁하곤 했습니다. 종교를 갖고 있지는 않았지만 며느리를 낫게 하기 위한 맹목적인 신앙은 정말 감동적이었습니다.

뒤늦게 알게 된 사실이지만, 그녀는 중국 연변에서 나이 차이가 열 살이 넘는 이국땅의 농촌 노총각에게 시집온 여인이었습니다. 시집와 아이도 낳고, 시부모님 잘 모신다고 주위로부터 칭찬을 들으며 열심히 살아온 그녀가 이제 행복이 무엇인지 조금씩 느낄 수 있을만한 때에 덜컥 병에 걸린 것입니다.

남편은 머나먼 고향을 떠나온 어린 아내를 호강시켜주지 못해 늘 마음이 편치 않았는데, 그런 아내가 이제 중병까지 앓고 있는데도 그저 곁에서 지켜보기만 해야 함을 가슴아파 하였습니다.

병이 깊어갈수록 그녀의 향수병도 깊어만 갔습니다. 사랑하는 남편과 아이가 곁에 있지만 그녀는 고향에 계신 부모님을 몹시도 그리워하였습니다. 그렇지만 남편이 연변에 계신 부모님을 모셔오자고 하자 부모님께 걱정을 끼쳐드리기 싫다며 고개를 저었습니다. 부모님을 향한 그리움도 크지만, 병원비도 걱정인데 부모님을 모셔올 비용 때문에 그랬던 것입니다. 다시 건강해지면 언젠간 만날 날이 있을 거라며 부모님에 대한 그리움을 달랬습니다.

시어머니도 마치 친딸을 대하듯 하였습니다. 고생만 시켜서 며느리가 병을 앓고 있다며, 당신 가슴이 더 찢어질 듯이 아프다며 늘 혼잣말을 하는 것이 습관처럼 되어버렸습니다.

"이 늙은이부터 잡아가지, 한참 재미나게 살아갈 저 젊은것이 무슨 죄가 있다고 병들어 눕게 되었는지. 다 전생에 내가 지은 죄가 많아서 그래. 지은 죄가 많아서…."

시어머니는 늘 병석에 누운 며느리를 곱게 씻겨주고 갈라진 손으로 며느리 얼굴에 화장품을 발라주며, "어여, 일어나거라. 어여, 일어나." 하며 주문을 외우듯 중얼거렸습니다. 며느리도 아기처럼 모든 걸 맡긴 듯 평온해 보였습니다.

긴 여름을 병실에서 보내던 어느 날, 그녀의 행동이 여느 때와는 사뭇 달라짐을 느낄 수 있었습니다.

"내가 시집와서 고생만 했지, 호강 한번 해본 적 있어요? 내가 아니면 저 사람은 결혼도 못하고 총각귀신으로 살 뻔했는데 나한테 한번이라도 고마운 마음을 가져본 적이 있느냐구요?"

그때는 몰랐지만 그녀가 죽고 나서야 사랑하는 사람들과 정을 떼고 가려는 게 아니었나 하는 생각이 들었습니다. 이승에서 자기로 인해 슬픔 속에 살아가야 하는 사람들에게 정을 떼고 가는 것도 사랑의 배려라고 말입니다.

죽음을 며칠 앞두고 그녀는 남편에게 마지막 부탁을 남겼습니다.

"여보, 나 죽거든 고향에 계신 울 부모님께 나 죽었다 하지말고 생신날에 꼭 편지 좀 부쳐줘. 아주 행복하게 잘 살고 있으니 걱정하지 마시고 찾아뵙지 못하는 불효를 용서해달라는 글도 함께 말이야…."

미움과 증오를 해결하는 길은 한 가지뿐입니다
그 대상을 사랑하는 것, 그것이 유일한 길입니다

사랑과 증오

"차라리 여기 더 있게 해주세요!"

늙은 죄수는 애원했습니다.

오늘은 늙은 죄수가 출감하는 날이었습니다. 그러나 늙은 죄수는 한사

코 밖으로 나가지 않겠다고 버티고 있었습니다.

"저는 나가도 반겨줄 가족도 없습니다. 이제 나가서 뭐하겠습니까? 저는 여기 감옥이 고향이나 다름없습니다. 그러니 그냥 여기 있게 해 주세요!"

늙은 죄수는 말을 마치고 눈물을 흘리기 시작했습니다. 30여 년을 감옥에서 생활한 그였습니다. 물론 한꺼번에 30여 년을 보낸 것은 아니었습니다. 처음 사기죄를 지어 3년, 그 이후 사업을 하다가 다시 사기죄를 지어 10년, 여러 번에 걸쳐 감옥을 드나들었던 그였기에 가족이 있을 수도 없었습니다. 이제 그의 나이도 60을 훌쩍 넘었던 것입니다.

그러나 그 역시 그의 형량을 모두 마치고 출감을 하게 되었습니다. 그러나 감옥 밖으로 나간 그는 갈 곳을 몰라 멍하니 서 있을 뿐이었습니다.

'이제 어디로 가야 하나…'

바로 그 때였습니다.

"할아버지"

한 아이가 그에게 달려와 안겼습니다.

"할아버지? 얘야, 나는 손지가 없단다."

그는 깜짝 놀라며 아이를 밀어냈습니다.

"이제 저희 집으로 함께 가시죠, 아버지."

젊은 남자가 그에게 공손하게 말하며 다가왔습니다. 그는 고개를 저으며 말했습니다.

"아닙니다. 젊은이가 무슨 오해를 한 것 같은데, 난 가족이 없습니다."

그러자 젊은 남자가 낮은 음성으로 말했습니다.

"혹시 오은혜 씨 모르십니까?"

순간, 노인의 얼굴이 변했습니다.

그는 기억을 더듬었습니다. 자신이 하는 사업에 전 재산을 투자했다가 자신이 사기죄로 감옥에 들어가며 모든 재산을 날린 여인이었습니다.

'그 여자가 내 아이를? 아니야. 내 이름만 들어도 기가 막힐텐데⋯.'

그는 정신을 차리고 힘주어 말했습니다.

"사람을 잘못 본 것 같습니다. 저는 결혼한 적도 자식을 둔 적도 없습니다."

노인이 서둘러 자리를 뜨려고 하자 젊은 남자가 그의 손을 잡으며 말했습니다.

"저도 갈등을 많이 했습니다. 그러나 당신이 제 아버지인 것만은 확실합니다. ⋯ 제가 홀어머니 밑에서 자라면서 아버지에 대한 이야기를 들었을 때, 솔직히 말해 아버지를 죽이고 싶었습니다. 그리고 어머니가 고생만 하시다가 돌아가신 후에 미움은 더욱 커졌습니다.

그런데 막상 제가 결혼하고 아이를 키워보니 생각이 바뀌었습니다. 이렇게 따스하고 소중한 가정의 의미를 모르는 아버지야말로 정말 불쌍한 분이라는 생각이 들었습니다. 그래서 이제부터는 아버지께 따뜻한 가정을 드리고 싶습니다."

그는 멍하니 허공을 바라보았습니다. 그러는 사이에 어린 아이가 그의 다리를 붙잡고 말했습니다.

"할아버지, 집에 가자!"

늘 평안하게 **하루**를

보낼 수 있는 이유는

당신의 **보이지 않는 사랑**

때문입니다

보이지 않는 사랑

"**앞**이 보이지 않아요!"

안대를 푼 아내가 처음 내뱉은 말은 앞이 보이지 않는다는 절규였습니다. 그 이야기를 듣자 남편도 눈앞이 캄캄해지는 것 같았습니다.

… 처음, 아내가 눈이 아프다고 말했을 때는 그저 피곤해서 그런 것이라고 생각했습니다. 아내는 직장생활을 했기 때문에 늘 피곤해 했습니다.

그러나 날이 갈수록 아내의 아픈 눈은 나아지지 않았습니다. 결국 뒤늦게 병원을 찾은 것이 문제였습니다.

"각막염입니다. 너무 오랫동안 방치해 두어서 병이 깊어졌습니다. 일단 빨리 수술을 해야겠습니다."

의사가 걱정스러운 어투로 말을 해도 부부는 별로 걱정을 하지 않았습니다. 수술을 위해 입원을 하고, 또 수술 후에도 부부는 아주 행복했습니다.

남편은 입맛이 없는 아내를 위해 반찬도 만들어다 주고 심심해할 때는 책도 읽어 주면서 그동안 고생만 했던 아내에게 모처럼 남편 역할을 할 수 있어 행복했습니다. 아내 역시 모처럼 남편의 간호를 받으며 행복감을 만끽할 수 있었습니다.

그렇게 일주일이 지난 후 붕대를 풀었습니다. 그런데 아내는 시력을 잃고 말았습니다. 처음에는 며칠 지나면 나아질 수도 있지 않을까 하는 희망도 가져보았지만, 한 번 잃은 시력을 되돌릴 수는 없었습니다.

시력을 잃게 되자 그토록 밝고 명랑하던 아내는 점차 절망의 늪으로 빠져들었습니다. 그 모습을 바라보는 남편의 마음은 너무나 아팠습니다.

"여보, 이젠 모든 것을 그대로 받아들이는 것이 어떨까? 아무것도 달라진 건 없다고 생각하는 거야. 당신이 지금까지 해오던 일은 전화 상담이었잖아? 그건 보이지 않아도 충분히 할 수 있는 일이야. 내가 회사에 알아보았는데, 당신만 원한다면 회사에서도 당신을 받아준다고 했어. 일을 다시 시작하는 거야. 여보! 다시 힘을 내자. 내가 옆에서 도와줄께."

남편의 설득에 아내는 조금씩 생기를 되찾기 시작했습니다.

그런데 한 가지 문제가 있었습니다. 남편 회사는 아내 회사와 반대방향에 있었기 때문에 매일 아내를 회사까지 데려다 줄 수가 없었던 것입니다. 다행히 한 번에 회사까지 가는 버스가 있었기 때문에 부부는 한 달동안 함께 다니면서 정류장까지의 걸음 수와 주변의 소리로 길을 익히기로 하였습니다.

"이제 저 혼자서도 할 수 있을 것 같아요. 앞이 보이진 않아도 모든 것이 선명하거든요."

한 달이 지났을 때, 아내는 정류장까지 혼자 다닐 수 있다고 자신 있게 말했습니다. 남편은 그런 아내가 자랑스러웠습니다. 일을 시작하면서 아내가 웃음을 되찾기 시작했기 때문입니다.

그렇게 6개월이 지났습니다. 버스 정류장에서 남편과 헤어져 혼자 버스에 오른 아내는 늘 그랬던 것처럼 기사 아저씨 바로 뒷자리에 자리를 잡았습니다.

버스가 회사 앞에 도착할 때쯤 기사 아저씨가 말했습니다.

"부인, 부인이 참으로 부럽습니다."

"앞도 못 보는 제가요?"

"그게 무슨 상관인가요? 매일 아침 부인을 사랑스런 눈길로 바라보는 사람이 있는데요."

"네? 누가 저를 보고 있나요?"

"모르셨어요? 부인의 남편이 매일같이 회사 앞에 먼저 도착해서 부인이 차에서 내려 회사로 들어가는 모습을 길 건너편에서 지켜보고 있답니다."

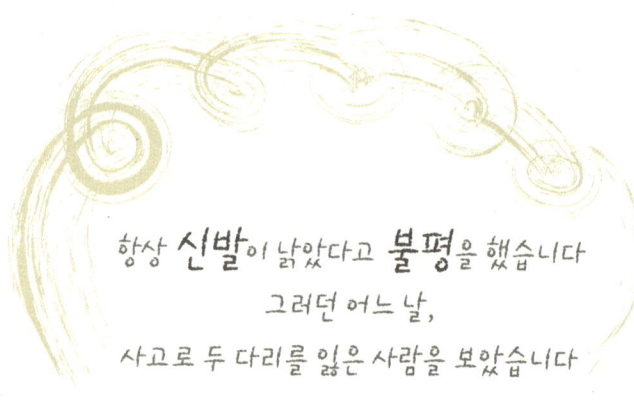

항상 **신발**이 낡았다고 **불평**을 했습니다
그러던 어느 날,
사고로 두 다리를 잃은 사람을 보았습니다

낡은 운동화

'오늘은 학교에 가지 않을 거야! 아프다고 말하면 그만이지 뭐.'

승주는 그렇게 다짐했습니다. 운동화 때문이었습니다. 지난 주 체육시간에 있었던 일이 아직도 승주의 머리에 맴돌았습니다.

달리기를 하다가 그만 운동화가 찢어졌습니다. 1년 넘게 신던 운동화가 너무 낡았던 것입니다. 더구나 그 사이에 발이 커져버린 것도 운동화가 찢어진 이유 중에 하나였습니다.

아이들은 모두 승주의 찢어진 운동화를 가리키며 웃음보를 터뜨렸습니다.

승주는 아직도 그 생각만 하면 얼굴이 달아올랐습니다. 그런데 오늘 체육시간이 있는 날이었습니다. 그래서 학교에 가기 싫은 것입니다.

승주는 아침이 되어서도 일어날 생각을 하지 않고 이불을 머리까지 끌어올린 후 생각했습니다.

'이럴 때 엄마만 있었더라도…'

승주의 엄마는 다리가 불편한 아버지를 대신해 일을 다니다가 작년에 교통사고로 세상을 떠나고 말았습니다.

"이제 그만 일어나야지? 너무 늦잠을 자는구나."

아들의 속도 모르는 아버지가 이불을 끌어내리며 말했습니다. 승주는 더 이상 어쩔 도리가 없다고 생각하며 천천히 일어났습니다. 아버지에게 새 운동화 이야기를 꺼낼 수는 없었습니다. 어머니가 돌아가신 후 아버지의 수입은 거의 없었고 나라에서 도와주는 지원금 몇 푼이 고작이었음을 승주도 잘 알고 있기 때문입니다. 막상 학교로 가야 하는 시간이 되자 울음이 터져 나오기 시작했습니다.

속상한 마음과 엄마에 대한 그리움으로 눈물을 훌쩍이던 승주는 울음을 삼키면서 자리에서 일어나 가방을 메고 신발을 신으려다 깜짝 놀라고 말았습니다.

신발장 위에 하얀 운동화가 가지런히 놓여 있었기 때문입니다.

'어? 이게 뭐지? 새 신인가?'

자세히 보니 새 신은 아니었습니다. 아마도 아버지가 어디선가 얻어온 신발인 것 같았습니다. 새 신은 아니었지만 깨끗하게 새로 빨아 놓은 게 분명했습니다.

헌 신발을 구해와 불편한 몸으로 쪼그리고 앉아 신발을 빨고 있었을 아버지의 모습을 상상하니 마음이 아팠습니다.

승주는 조심스럽게 신발을 집어 올렸습니다.

그런데 그 운동화 밑에 조그만 종이 한 장이 놓여 있었습니다.

"아들아! 새 신을 신지는 못하지만, 세상에서 가장 힘차고 밝은 걸음으로 걸어가거라."

두울

삶이 있는 곳에 사랑이 함께 있습니다
그렇기에 삶의 향기는 바로 사랑의 향기입니다

향기로운 사람

새벽 6시면 문을 여는 제과점이 있었습니다. 다른 가게들보다 조금이라도 일찍 문을 열어 매일 신선한 빵을 제공해야 한다는 제과점 주인의 생각 때문입니다.

그는 매일 아침 일찍 일어나 가게로 달려갑니다. 그리고 가게 안을 청소한 후에 정성스럽게 빵을 만들기 시작합니다.

그러던 어느 날이었습니다. 겨울이었기 때문에 아직 해가 뜨기도 전이었습니다. 제과점 주인이 열심히 빵을 굽고 있는데 손님이 가게문을 열고 들어왔습니다.

"어서 오십시오!"

제과점 주인은 문이 열리는 소리를 듣자마자 주방 밖으로 나왔습니다.

가게로 들어선 사람은 거리를 청소하는 청소부 아저씨였습니다. 제과점에 들어선 청소부 아저씨는 쑥스러운 표정으로 한참을 두리번거리기만 했습니다.

"뭐 찾는 게 따로 있나요?"

제과점 주인은 웃는 얼굴로 말했지만 속으로는 많이 불쾌해하고 있었습니다. 새벽청소를 막 끝내고 씻지도 못하고 왔는지 청소부 아저씨의 몸에서는 쓰레기 냄새가 진동했기 때문입니다.

'깨끗하게 청소를 해놓았는데, 쓰레기 냄새가 가게에 진동을 하겠군. 빨리 빵을 사갔으면 좋겠는데…. 왜 저렇게 두리번거리기만 하는 거지?'

그러나 청소부 아저씨는 한참을 더 서성이다가 입을 열었습니다.

"저…, 오늘이 우리 딸아이 생일이라서 그러는데 케이크가 안 보이네요?"

"아, 케이크요? 어제 만든 케이크는 어제 다 나갔습니다. 그래서 지금은 케이크가 하나도 없습니다."

청소부 아저씨는 실망의 표정을 감추지 못했습니다.

"아, 그렇군요. 그러면 큰일인데…. 이 시간에 문을 여는 제과점은 여기뿐인데…. 아침에 케이크를 사가기로 아이와 약속을 했거든요. 어떻게 안 될까요?"

그렇게 말하는 아저씨의 손에는 작은 곰 인형 하나가 들려 있었습니다. 작고 앙증맞은 곰 인형을 보자 제과점 주인의 마음도 흔들리기 시작했습니다.

"지금 빵을 굽고 있기는 한데, 조금 기다리셔야 하거든요?"

"아, 그렇습니까? 그럼 기다려야죠. 감사합니다."

제과점 주인은 주방으로 들어가 케이크를 만들기 시작했습니다. 잠시후, 잘 포장된 케이크를 들고 나온 제과점 주인은 그때까지 문 밖에서 떨고 있는 아저씨를 발견하고는 가게문을 열고 나갔습니다.

"자, 케이크가 다 만들어졌습니다. 그런데 날도 추운데…, 안에서 기다리시지 않고…."

그러자 청소부 아저씨는 케이크를 받아들며 말했습니다.

"아닙니다. 저한테서 심하게 냄새가 나서요…."

아저씨는 촛불을 밝힐 초를 확인하고는 연신 고맙다는 말을 한 뒤 딸이

기다리고 있을 집을 향해 걸음을 재촉했습니다.

아침해가 고개를 내미는 아침길을 곰인형과 케이크를 들고 사라지는

아저씨의 뒷모습이 정말 아름다웠습니다.

가족은 아주 중요하고 소중한 사람들입니다
그러나 그 울타리를 조금만 넓혀 보세요
우리 모두가 가족이 될 수 있습니다

아빠의 편지

저 건너 육지가 보일 듯 말 듯한 작은 섬, 어제 배편으로 온 아빠의 편지를 읽습니다. 아빠, 엄마에 대한 그리움이 밀려옵니다.

"너 소록도가 도대체 어떤 곳인지 제대로 알고 하는 말이냐?"

처음 소록도로 가겠다고 말씀드렸을 때, 아빠는 제가 그곳이 어떤 곳인지도 잘 모르면서 고집을 부리는 거라고 생각하셨나 봅니다.

"아빠, 저도 잘 알고 있어요. 거긴 나병 환자, 그러니까 한센씨병을 앓고 있는 환자들만 사는 곳이에요. 저는 그곳에서 그 사람들을 돕고 싶어요."

"안다고? 아는 녀석이 그런 말을 해? 이제까지 애지중지 키웠더니 고작 한다는 말이 소록도에 가겠다는 거냐?"

"아빠, 저는 그 사람들을 돕고 싶어요."

"돕고 싶다고? 이제까지 너를 키워준 부모 말을 거역하고 엉뚱한 사람들을 돕고 싶다고? 부모보다 그곳이 더 소중하다는 말이냐?"

아빠의 마음을 모르는 것은 아니었습니다. 아빠는 사랑하는 딸이 힘들고 어려운 곳으로 가서 고생을 하는 것이 안쓰러웠던 것입니다. 그러나 한번 정한 마음은 움직이지 않았습니다.

"아빠! 제발 허락해주세요."

"그래? 그럼 이제 넌 내 딸이 아니다. 그렇게 가고 싶다면 가거라. 이 아빠보다 그곳이 좋다면 말이다. 대신 이제 너는 내 딸이 아니다. 명심하거라!"

저는 그렇게 해서 소록도로 자원봉사를 위해 들어왔습니다. 그러나 가슴 한쪽이 늘 아파왔던 게 사실입니다. 사랑하는 아빠의 마음을 아프게 해드렸기 때문입니다.

그런데 소록도에 들어온 지 두 달이 된 오늘, 아빠로부터 편지가 왔습니다. 저는 겉봉투에 적힌 아빠 이름만 보고도 눈물을 흘리기 시작했습니다. 그러다가 크게 심호흡을 한 뒤에 드디어 봉투를 열었습니다.

사랑하는 내딸아.

네가 집을 떠난 지 이제 두 달이 가까워오는구나. 그런데도 벌써 몇 년이 흐른 듯 느껴지는구나.

자랑스러운 내 딸아!

네가 소록도로 떠날 때, 너는 내딸이 아니라고 했던 말 기억하고 있겠지? 이제 너는 더 이상 이 아빠 혼자만의 딸이 아니다. 이 세상 모든 사람들의 딸, 소외받고 외로운 모든 사람들의 딸이 되기를 이제 아빠는 기도한단다.

그곳 소록도의 아픈 사람들을 내 가족처럼 보살펴 드리렴. 그리고 제발 네 건강도 조심하고.

내딸아!

사랑한다.

아빠가 기도 중에 항상 내딸을 기억하고 있다는 것을 잊지 않았으면 한다.

당신이 내게는 무엇보다도 가장 소중합니다

메론 한 조각

"먹고 싶다는 게 있으면 무엇이든 사다줬지. 게다가 예쁘고 좋은 걸 골라 먹어야 한다고 해서 과일 하나를 사더라도 언제나 비싼 걸 골라서 사야 했다고."

회사에서 선배가 들려준 이야기가 남편의 머리를 맴돌았습니다. 아내는 지금 임신 6개월, 그러나 빠듯한 살림살이 때문에 아내에게 별다른 먹거리를 사다준 기억이 없었습니다. 생각이 거기에 미치자 남편은 자리에서 벌떡 일어났습니다.

"어디 가려고요?"

아내는 갑작스럽게 외투를 입고 집을 나서려는 남편을 바라보며 물었습니다.

"요 앞에 가게 좀⋯."

"가게는 왜요?"

"응, 그게⋯. 당신 얼마 전에 메론이 먹고 싶다고 했잖아."

남편의 말에 아내는 깜짝 놀라며 물었습니다.

"요즘 메론이 얼마나 비싼지 알아요? 이번 달 방세도 지금 걱정인데⋯."

그렇지만 남편은 아내의 말을 다 듣지도 않고 집을 나섰습니다.

밖으로 나선 후에 남편은 주머니에서 지갑을 열어 보았습니다. 방세를 내려고 회사에서 월급을 가불한 돈이 들어 있었습니다.

'괜찮아, 방세를 내는 날까지는 아직 이틀이나 남았잖아? 오늘 아내에게 메론을 사주고, 그 돈은 내가 다시 채워놓으면 되는 거야.'

남편은 그렇게 마음먹고 가게로 향했습니다. 사는 게 힘들다는 이유로 임신한 아내를 그냥 놔둔다는 것은 있을 수 없는 일이라는 생각이 들었기 때문입니다.

"아주머니, 메론이 얼마나 하나요?"

"그게 좀 비싼데…. 만 원만 내세요."

남편은 깜짝 놀라고 말았습니다. 메론이 한 개에 만 원이나 한다는 사실을 처음 알았기 때문입니다. 남편은 한참을 고민하다가 머리를 긁적이며 말했습니다.

"저, 아내가 입덧을 해서 그러는데…. 예쁘고 잘생긴 것으로 하나만 주세요."

메론 한 개를 봉지에 담아 집으로 돌아오는 남편의 발걸음은 유난히 가벼웠습니다. 비록 방세가 축나긴 했지만 메론을 보고 기뻐할 아내를 떠올리자 절로 신이 났기 때문입니다.

아내는 남편이 사온 메론을 정성스럽게 깎아 남편에게 가지고 갔습니다.

"메론이 정말 꿀맛이에요. 당신도 먹어요."

그러나 남편은 쳐다보지도 않고 신문만 뒤적거렸습니다. 아내는 그런 남편의 소매를 끌어당겼습니다.

그러자 남편이 정색을 하며 말했습니다.

"나 원래 안 먹어. 그거 영 맛이 없더라구."

남편의 대답에 아내는 고개를 갸우뚱했습니다.

"예전에 메론 먹고 탈난 적이 있거든. 그래서 그후부터 메론이라면 쳐다보기도 싫어."

그러나 아내는 그 말을 듣고도 배시시 웃으며 메론 한 조각을 남편 입에 갖다대며 말했습니다.

"그래도 이건 달라요. 얼마나 시원하고 꿀맛인데! 그러지 말고…. 자꾸 그러면 저도 안 먹을래요."

고개를 뒤로 돌리던 남편은 가슴에서 뜨거운 것이 올라오는 것을 느꼈습니다.

'여보, 미안해. 가난한 남자를 만나 먹는 것조차 마음대로…'

아내도 속으로 눈물이 차오르는 것을 느끼고 있었습니다.

'이 세상에 도대체 메론도 못 먹는 사람이 어디 있다고, 그런 거짓말을 해 가면서까지…'

결국 남편은 입을 크게 벌려 아내가 가져다준 메론 한 조각을 입에 넣었습니다. 입안 가득 단물이 퍼져나갔습니다.

그런 자신을 눈물이 촉촉한 눈으로 바라보는 아내를 보며 남편이 짐짓 큰 소리로 말했습니다.

"이제 큰일이야, 큰일! 또 배탈나면 어떻하나?"

나무에 못을 박았다가 **다시** 빼어내더라도
나무에 남은 **못자국**은 사라지지 않는 법입니다

장미 열 송이

오늘도 그는 장미 열 송이를 가지고 강가로 갔습니다. 그리고
천천히 한 송이씩 강물에 던졌습니다.

옆에서 낚시를 하던 사람이 그 모습을 물끄러미 바라보다가 그의 곁으
로 다가갔습니다.

"실례합니다. 저는 이 강에 하루도 빠지지 않고 매일 낚시를 하러 오는
사람입니다. 그런데 제가 낚시를 할 때마다 당신을 보았습니다. 게다가

매일 장미를 강에 던지더군요. 무슨 이유라도 있나요?"

낚시꾼이 묻자 사내는 저멀리 떠내려가는 장미를 바라보았습니다.

"벌써 오래 전의 일입니다. 제가 고등학교를 다니다가 가출을 해서 이곳에 들어왔을 때니까요.

제가 무작정 가출해서 이곳 작은 도시에 들어온 것은 10년 전의 일이었습니다. 아무런 대책도 없이 낯선 곳에 도착한 제가 할 수 있는 일은 하나도 없었습니다. 불어오는 바람은 거칠었고 갈 곳이 없는 전 추위를 느끼며 근처의 허름한 여관으로 들어갔습니다.

여관에서 묵을 돈이 있었던 것도 아니었기 때문에 여관 주인의 배려로 잔심부름을 하며 숙식을 해결하게 되었습니다. 세 끼를 먹고 겨울을 견딜 수 있는 잠자리를 얻었다는 것만 해도 제게는 큰 위안이었습니다.

그러던 어느 날, 주인은 절 부르더니 심부름을 다녀오라고 하였습니다.

"자, 이 상자를 강 건너에 있는 파란색 대문 집에 배달하고 오너라. 잘 전해야 한다."

그런데 주인이 시키는 심부름이라는 게 좀 이상했습니다. 매일 상자를 주면서 강 건너에 있는 파란색 대문 집에 다녀오라는 것이었습니다. 상자 안에 무엇이 들었는지, 왜 매일 배달을 해야 하는지 알지 못했지만 그저 묵묵히 심부름을 했습니다. 그 집에 도착해 초인종을 누르면 안에서는 어느 할머니의 소리가 들렸습니다.

"거기에 놓고 가구려. 오늘도 와줘서 고맙소이다."

그렇게 3개월이 지날 무렵이었습니다. 문득 호기심이 생기기 시작했습니다.

'상자 속에 무슨 물건이 있을까? 게다가 왜 매일 보내는 걸까?'

결국 저는 호기심을 이기지 못하고 상자를 열어 보았습니다. 그 속에는 장미꽃 열 송이가 묶인 꽃다발이 가지런히 들어 있었습니다. 다음날에도 상자를 열어보았지만 역시 장미 다발이었습니다.

여관 주인이 60세가 넘은 할아버지였기에 저는 속으로 웃을 수밖에 없었습니다.

'노인네들이 연애를 하는구나! 그런데 내가 이런 쓸데없는 짓을 해야만 하는 걸까?'

저는 어이가 없다는 생각을 하며 그 다음날부터 상자 배달을 하지 않았습니다. 여관 주인으로부터 상자를 받으면 배달을 나가는 척하다가 쓰레기통에 버리기도 했고 꽃집에 가져가 푼돈을 받고 팔기도 했습니다. 속으로 두 노인을 비웃으며 말입니다.

그러던 어느 날, 그 파란색 대문 집 앞을 지나다가 그 집에 장례가 있는 것을 보았습니다. 많은 사람들이 집 앞에 몰려 있었고 사람들이 서로

수군거리는 소리를 들었습니다.

"불쌍하기도 해라."

"누가 아니래요, 원 어린 것이 무슨 죄가 있다고."

저는 할머니가 죽었을 것으로 생각했지만 죽은 사람은 할머니가 아니었습니다. 바로 그 할머니의 어린 손녀였습니다.

아이는 백혈병을 앓고 있었다고 합니다. 아이의 부모가 일찍 죽고 할머니와 살면서 생활이 어렵기 때문에 약도 한 번 제대로 써보지도 못했다고 합니다. 그 옆집에 살던 여관 주인이 그 아이를 위해 매일 장미꽃을 보냈던 겁니다. 그리고 그 아이는 장미꽃을 받아보며 위안과 행복을 느꼈다고 합니다.

어느새 장미꽃이 그 아이에게는 가장 귀한 선물이 되었고 여관 주인도 다른 곳으로 이사를 한 뒤에도 잊지 않고 꽃을 보냈다고 합니다.

그런데 그런 장미가 언제부턴가 오지 않은 것입니다. 그 아이는 아저씨가 매일 정성스럽게 보내온 장미만을 찾았습니다. 자신을 딸처럼 사랑했던 아저씨의 선물을 말입니다.

저의 철없는 행동 때문에 어린 삶을 마쳐야 했던 어린 아이를 생각하면서 속죄의 꽃을 전하고 있는 것입니다."

세상에 나 혼자만 기쁘다면 너무 외로울 것입니다
그래서 항상 같이 기뻐할 사람을 찾게 되는 모양입니다

괴물의 사랑

동네 아이들이 저만치서 김씨가 오는 것을 보자 괴물이라고

소리를 지르며 도망쳤습니다. 김씨는 마음이 아프고 슬펐습니다.

'괴물이라고…'

김씨는 어린시절이 떠올랐습니다. 깊은 잠에 빠져 있던 깊은 밤, 갑작스런 화재…, 결국 김씨는 그 화재로 부모님을 잃었고, 자신도 화상을 입어 흉측한 얼굴이 되고 말았습니다.

그때부터의 고통과 가난은 말로 표현할 수 없는 것이었습니다. 그러나 그렇게 힘들 때마다 그가 힘을 낼 수 있었던 것은 의사 선생님 때문이었습니다.

"너무 슬퍼하지마라. 너는 수술만 하면 예전의 모습으로 돌아갈 수 있어."

그때부터 김씨는 리어카를 끌고 동네를 돌아다니며 폐품을 모아 고물상에 팔기 시작했습니다. 사회에서 버려진 걸인과 다름없는 가난뱅이였지만 열심히 돈을 모아 수술을 받겠다는 일념 하나로 어려운 세상을 이겨나가고 있었던 것입니다.

'그래, 누가 뭐라고 하든 상관없어! 그저 열심히 내 할 일만 하면 그만이야. 이제 돈도 조금만 더 모으면 나도 수술을 받을 수 있어!'

사람들의 시선을 느낄 때마다 김씨는 입술을 깨물며 다시 힘을 냈습니다.

아이들이 모두 흩어져 조용해진 거리를 묵묵히 리어카를 끌며 걸어갔습니다. 그런데 길가에 한 소녀가 도망가지 않고 가만히 앉아 있는 것이 눈에 들어왔습니다.

김씨는 그 소녀에게 천천히 다가가 물었습니다.

"넌 왜 나를 보고도 도망가지 않지?"

"도망이요? 왜 도망가야 하죠?"

"내 얼굴이 괴물처럼 생겼잖니. 너는 내가 무섭지도 않니?"

"그래요? 아저씨 얼굴이 괴물같이 생겼나요? 한번 보고 싶은데…, 그렇지만 저는 앞을 볼 수 없거든요."

김씨는 조용히 그 소녀를 바라보았습니다. 그리고 소녀의 눈이 정상이 아닌 것을 알아차렸습니다.

"아저씨는 얼굴이 괴물 같아서 친구도 별로 없겠네요?"

"그렇단다."

"그럼 저하고 친구할래요? 저도 아이들이 잘 놀아주지 않거든요."

김씨의 마음에 따스한 물결이 일렁거렸습니다.

"그럴까? 그럼 우리 정말 친구할까?"

그날부터 눈먼 소녀와 김씨는 친구가 되었습니다. 고물을 주워 돈을 버는 것에만 매달리던 김씨의 고달픈 생활에 점점 행복한 마음이 밀려오기 시작했습니다. 그리고 그것은 소녀도 마찬가지였습니다. 언제나 외톨이였던 소녀의 얼굴에도 환한 미소가 떠나지 않았습니다. 그 후 몇 달이 지나면서 김씨는 소녀가 부모도 없이 할머니와 함께 어렵게 살고 있다는 사실도 알게 되었습니다.

그러던 어느 날, 김씨는 비가 쏟아지는 길가에 쓰러져 있는 소녀를 발견하고 깜짝 놀라 소녀를 업고 병원으로 달려갔습니다.

"영양실조에다가 비를 많이 맞아서 쓰러졌군요. 곧 괜찮아질 겁니다. 그런데 이 아이와는 어떤 관계죠? 이 아이는 할머니와 살고 있는데요."

의사는 소녀를 진찰한 후에 김씨를 바라보며 말했습니다. 김씨는 조심스럽게 소녀와 있었던 일을 말했습니다.

"그렇군요. 참, 안타까운 일입니다. 이 아이는 더 늦기 전에 수술을 받으면 앞을 볼 수가 있거든요. 그런데 워낙 수술비가 많이 들어서…."

"네? 이 아이가 눈을 뜰 수 있다고요? 도대체 수술비가 얼마나 드는 겁니까?"

김씨는 잠을 이룰 수 없었습니다. 이 돈만 있으면 그 아이가 앞을 볼 수 있어. 그렇지만 이 돈은….'

그 돈은 10년 넘게 고생한 김씨의 모든 것이었습니다. 김씨는 그 날 이후로 몇 날 며칠을 일도 나가지 않고 방에만 틀어박혀 있었습니다.

그러던 어느 날, 김씨는 자신이 모은 돈 전부를 챙겨들고 어딘가를 다녀왔습니다. 그리고는 또다시 아무렇지도 않은 듯 리어카를 끌고 거리로 나섰습니다.

"아이고, 죽은 줄 알았더니 다시 나타났네?"

그러나 김씨는 그런 말을 들어도 빙긋 미소만 짓고는 묵묵히 리어카를

끌었습니다.

"야! 저기 또 괴물이 온다! 도망가자, 도망가!"

아이들도 다시 나타난 김씨를 보자 크게 소리 지르며 도망가기 시작했

습니다. 그러나 김씨는 아무렇지도 않았습니다. 그저 묵묵히 땅만 바라

보며 리어카를 끌었습니다.

"아저씨!"

묵묵히 리어카를 끌던 김씨가 갑자기 멈춰섰습니다. 그리고 천천히 소

리가 나는 쪽을 바라보았습니다. 저 멀리 소녀가 김씨를 바라보고 서

있었습니다. 소녀를 바라 본 김씨의 눈에 눈물이 흘렀습니다.

"아저씨!"

소녀는 김씨를 향해 달려오기 시작했습니다. 소녀의 초롱초롱한 눈동

자는 김씨의 흉측한 얼굴에 고정되어 있었습니다.

천사에게 손이 있다면, 그 손은 아주 거칠 것입니다
모든 사람들을 위해
험한 일을 많이 해야 하니 말입니다

경희의 손

일요일이 되면 경희는 마음이 무겁습니다. 일요일에도 음식점에서 일을 해야 하기 때문입니다. 만약 하루라도 일을 쉬게 된다면 그날은 동생들이 배를 주려야 하기 때문에 쉴 수가 없습니다.

경희에게는 소원이 하나 있습니다. 그건 그렇게 어렵거나 거창한 것이 아닙니다. 하지만 지금의 경희의 형편에서는 쉬운 일이 아닙니다. 일요일만이라도 교회에 나가 예배를 드리고 싶은 것이 경희의 소원입니다.

"누나는 돈을 벌어야 하기 때문에 가지 못하지만, 너희들만이라도 꼭 교회에 가야 해. 알았지?"

경희는 오늘도 아침 일찍 일어나 동생들의 아침을 차려준 후 일을 나가면서 동생들에게 꼭 교회에 갈 것을 당부합니다.

"부모님이 돌아가시기 전에는 일요일마다 꼭 교회를 갔었잖아, 그렇지?"

부모님이 모두 교통사고로 돌아가신 것이 3년 전입니다. 뺑소니 차에 돌아가셨기 때문에 아무런 보상도 받지 못했습니다. 그때부터 경희는 가장이 되어 동생들을 보살펴야 했습니다. 밤낮없이 일을 해야 했기 때문에 건강을 돌볼 여유조차 없었지만 동생들을 위해 이를 악물고 버텨 온 것입니다.

오늘도 무거운 몸을 이끌고 일을 나가면서 경희의 마음은 편치 않습니다.

'돌아가신 부모님이 내가 교회도 나가지 않고 있다는 사실을 아신다면 분명 실망하실 텐데…, 혹시 하느님께 죄를 짓고 있는 것은 아닐까?'

그런 생각을 하며 집을 나서던 경희는 그만 버스정류장에서 버스를 기다리다 빈혈로 쓰러지고 말았습니다. 그동안 너무 몸을 혹사한 탓입니다. 그날 이후부터 건강은 점점 나빠져 결국 경희마저도 동생들의 곁을 떠나게 되었습니다.

동생들로부터 소식을 전해들은 목사님이 집을 방문하여 경희의 마지막을 지키게 되었습니다. 목사님이 찾아오셨다는 것을 알아차린 경희가 목사님에게 힘없이 물었습니다.

"목사님, 저는 이제 더이상 살지 못할 것 같아요. 그런데 제가 죽으면 하늘나라에 있는 부모님을 만날 수 있을까요? 저는 그동안 교회도 나가지 않았거든요. 하느님께서 그걸 아시고 절 야단치면 어떡하죠?"

목사님은 경희의 파리한 손을 잡아주었습니다.

"하느님도 네가 동생들을 위해 그랬다는 걸 다 아실 것이야. 만약 그래도 하느님이 묻거든 대답 없이 네 손을 보여드려라. 쉬지 않고 일한 네 손이 너를 천국으로 이끄는 징표가 될 거야."

목사님의 말이 끝나자 경희는 엷게 미소를 지으며 눈을 감았습니다.

진정한 사랑은
'무엇 때문에' 이루어지는 것이 아닙니다
오히려 '무엇임에도 불구하고'
이루어지는 것입니다

눈물의 결혼식

이제 결혼식이 일주일 남았습니다. 그러나 여자는 남자에게

아버지 이야기를 하지 못하고 있었습니다. 남자가 양가 상견례를 하자

고 했을 때에도 부모님이 외국에 나가 계신다고 핑계를 대며 그 자리를

모면했습니다.

딸이 결혼을 앞두고 아버지를 찾아뵙자 그런 딸의 마음을 아는지 아버지는 딸을 다독였습니다.

"얘야, 나는 결혼식에 가지 않는 게 좋겠구나. 결혼식장에 가더라도 뭐 보이는 게 있어야지, 안 그러냐?"

딸은 어떻게 대답을 해야 할지 몰라 고개를 숙이고 말았습니다.

'그래, 끝까지 모든 것을 숨길 수는 없어. 결혼을 못하는 한이 있더라도 모든 것을 말해야 해!'

여자는 그렇게 결심하고 남자를 찾아가 지난날의 모든 일들을 털어놓았습니다.

그녀의 아버지는 앞을 보지 못하는 맹인이었고 어머니는 앉은뱅이였습니다. 두 사람은 지하철에서 구걸을 하다가 만나게 되어 결혼을 했고, 결혼한 이후에도 구걸로 생활을 하였습니다. 그들은 딸 하나를 낳아 열심히 길렀습니다. 딸은 자신의 환경을 저주하며 공부에 열중했고 결국 장학생으로 대학에 들어갈 수 있었습니다. 그녀는 열심히 공부하여 실력을 인정받는 사회인이 되었고 이제 결혼까지 하게 된 것입니다.

그러나 아직까지도 지하철에서 구걸을 하며 생활을 하는 부모님을 숨기고 싶었던 것이 솔직한 심정이었습니다. 게다가 구걸해서 얻은 돈으로 자신이 이제껏 자라왔다는 사실도 남자에게 말하고 싶지 않았습니다.

여자는 모든 것을 남자에게 고백한 후, 눈물을 흘리기 시작했습니다. 그러자 조용히 이야기를 듣고 있던 남자는 벌컥 화를 내며 여자에게 말했습니다.

"당신, 정말 좋은 사람인줄 알았는데, 실망했소."

여자는 가슴이 무너져내리는 것만 같았습니다. 남자는 계속 말을 이어갔습니다.

"이제부터 다시 시작합시다. 결혼식장에 부모님을 모시고 온다면 나는 당신이 이제까지 잘못한 모든 것을 눈감아주겠소."

결혼식 날, 여자의 아버지는 검은 안경을 끼고 신부를 기다리고 서있었습니다. 이윽고 결혼행진곡이 울려퍼지는 가운데 화사한 모습의 신부가 밝게 웃으며 아버지의 손을 잡고 한 걸음 한 걸음 행진했습니다.

그 앞으로 신랑이 성큼성큼 다가갔습니다. 신랑은 신부가 아닌 장인어른의 팔을 잡고 신부측 부모님이 앉는 자리로 안내를 하여 앉을 자리를 조심스럽게 정리해 드리고 신부를 향해 다가왔습니다.

이미 신부의 얼굴에는 기쁨과 감격의 눈물이 흐르고 있었습니다. 지금까지의 모습을 조용히 지켜보던 하객들은 박수로 신랑과 신부를 축하해주었습니다.

누군가의 **행복**을 위해 고통을 참아본 적이 있나요?
세상에는 행복한 **고통**도 있답니다

나무와 바위

깎아지른 듯한 절벽은 하루종일 바다만 바라보고 있었습니다. 끊임없이 다가와 자신을 때리고 가는 파도와 쉴새 없이 불어오는 강한 바람을 온몸으로 막고 서 있는 절벽은 하루하루가 고행의 연속이었습니다.

게다가 큰 파도가 몰려오면 절벽의 바위는 자신의 몸 일부를 바다에 떨어뜨리기도 했습니다. 큰 파도가 없는 날에도 절벽의 바위는 오랜 풍화작용을 견디다 못해 쩍쩍 소리를 내며 바다 속으로 떨어지곤 했습니다. 그렇게 자신의 한쪽이 부서져내리는 고통은 이루 말로 표현할 수 없는 것이었습니다.

그러던 어느 날, 씨앗 하나가 바위틈에 날아와 뿌리를 내리고 작고 여린 싹을 피웠던 것입니다.

"안녕? 바위야."

바위는 깜짝 놀랐습니다. 온종일 파도와 바람과 싸우며 지냈기에 작은 씨앗이 날아온 것도 모르고 있었기 때문입니다.

"아니, 넌 언제 여기로 온 거야?"

"나도 몰라. 바람에 실려 두둥실 날아올랐는데, 눈을 떠보니 여기에 있더라고. 나 이제부터 여기서 살아야 해."

그러자 바위가 정색을 하며 말했습니다.

"그건 안돼. 위험해. 난 언제 부서져서 바다에 떨어질지 모른다고!"

"그래? 그래도 할 수 없어. 난 벌써 뿌리를 내렸는걸."

바위는 길게 한숨을 쉬었습니다.

"넓고 넓은 세상을 놔두고 왜 하필 여기로 왔어?"

"글쎄, 아마도 운명이겠지."

험한 곳이었지만 작은 싹은 매일 매일 부지런히 자라났습니다. 그리고 마침내 늠름한 나무가 되었습니다. 그러나 그 나무를 품게 된 바위는 늘 가슴이 아팠습니다.

"어때? 뿌리가 불편하진 않아? 바람이 너무 강하지? 다른 데로 갔으면 넌 더 훌륭한 나무가 되었을 텐데…."

그러나 나무는 그렇게 자신을 위해주는 바위가 있어 마음이 든든했습니다.

"아냐, 난 이곳이 세상에서 제일 좋아."

그러나 세월이 흐를수록 나무는 점점 자라나 바위가 감당하기 힘들 정도로 자라났습니다. 큰 몸을 유지하기 위한 물도 부족했고 그 덩치를 감당할 수 있는 공간도 부족했습니다.

바위는 나무를 위해 고통을 참고 있었지만 나무뿌리가 살을 파고들 때마다 고통을 느껴야 했고 드디어는 몸에 균열이 생기기 시작했습니다.

그러나 나무와 바위는 서로에게 의지하며 하루하루를 버텨나갔습니다.

그러던 어느 날, 바위가 나무에게 말했습니다.

"나무야. 난 더 이상 버틸 수 없을 것 같아! 미안해. 하지만 난 정말이지 괜찮아. 난 이곳에서 수만 년을 살아왔거든. 하지만 네가 오기 전에는 난 아무 것도 아니었어. 네가 오고 나서야 난 기쁨이 뭔지 알았어."

나무가 말했습니다.

"나도 그래. 난 이곳에 살면서 한번도 외롭지 않았어. 그건 바로 너 때문이야."

그날 밤, 바다에서 심한 폭풍우가 몰아쳤습니다. 나무와 바위는 폭풍우를 견디기 위해 서로의 몸을 꼭 끌어안았습니다. 하지만 거대한 파도가 몰려오자 바위는 부서지고 말았습니다. 물론 나무도 함께 바다 속으로 사라졌습니다.

세상에서 어려움에 부딪친 사람을
도와줄 수 있는 것은 오직 같은 사람뿐입니다

목수와 연장통

아이의 기침은 아침이 되자 더욱 심해졌습니다. 아이 곁에서

이를 지켜보던 엄마는 아이가 결국 왈칵 피를 토해내자 황급하게 일어

나 피를 닦아줄 수건을 가지러 부엌으로 달려갔습니다.

"아니, 당신은 여기서 뭐하는 거예요!"

부엌 앞에서 연장을 손질하고 있는 남편을 보자 아이 엄마는 화를 이기지 못하고 소리를 질렀습니다.

"지금 아이가 다 죽어가는데, 그깟 연장이 다 무슨 소용이에요!"

그러나 남편은 묵묵히 연장에 기름칠만 할뿐이었습니다. 그 모습을 지켜보던 아내는 혀를 차며 수건을 들고 급히 방으로 들어갔습니다.

"그래도 이게 우리를 지금까지 살게 만들어준 소중한 건데."

남편이 혼자 중얼거렸습니다.

남편은 목수의 집에서 태어났습니다. 그의 아버지도, 할아버지도 모두 목수였습니다. 그가 지니고 있는 연장들은 그래서 모두 그의 선대로부터 물려받은 귀중한 것들이었습니다. 그 연장에 기대어 이제까지 살림을 유지해 왔습니다.

그러나 어린 딸이 갑자기 폐병에 걸리면서 약값이며 병원비까지 감당할 수 없었습니다. 게다가 목수를 찾는 사람들도 눈에 띄게 줄어들어 일거리도 거의 사라진 요즘에는 아이의 약값이 문제가 아니라 먹고 사는 것도 걱정이었습니다.

아내도 그걸 알고 있었습니다. 그러나 아픈 아이만 보면, 어쩔 수 없는 일이라는 것을 알면서도 속이 타들어갔습니다.

"아이를 살리려면 우선 입원을 시키고 장기간 요양을 해야 합니다. 그럴 수밖에 없습니다."

의사는 그렇게 말할 뿐이었습니다. 그렇지만 하루 먹을 양식도 없어서 고생을 하는 마당에 아이를 입원시킨다는 것은 꿈도 꾸지 못할 일이었습니다.

오늘도 연장통을 챙겨들고 집을 나서는 남편을 보며 아내는 다시 입을 열었습니다.

"일도 없으면서 나가긴 어딜 나가요?"

"가만히 있으면 누가 일을 가져다주나? … 움직여야지."

"그냥 애가 죽어가는 걸 보고만 있을 작정이에요?"

"그럼 나더러 어쩌라는 말이오."

남편은 버럭 소리를 지르고 밖으로 나갔습니다. 그리고 연장통을 어루만지며 터덜터덜 걸어갔습니다.

'이건 내 자식과도 같은 거야.'

그리고 남편이 다시 돌아온 것은 이틀이 지나서였습니다. 초라한 몰골로 돌아온 남편을 보며 아내가 화를 냈습니다.

"당신 도대체 어떻게 된 거예요?"

"미안하오. 그냥."

남편은 쓸쓸한 목소리로 대답하더니 눈물을 흘리며 말했습니다.

"그런데, 그렇게 소중한 것이었는데, … 고작 이 값밖에는 되질 않더구면."

그의 손에는 거칠게 접혀진 지폐 몇 장이 쥐어져 있었습니다. 그리고 그의 어깨에는 늘 짊어지고 다니던, 할아버지 때부터 내려오던 그의 분신 같은 연장통이 보이지 않았습니다.

사랑은 방에서 하는 공놀이와 같습니다
강하게 던지면 그만큼의 힘으로 내게 되돌아옵니다

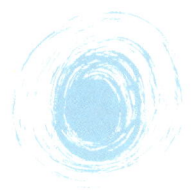

세상에서 가장 아름다운 선물

노숙자가 된 박씨는 늘 술에 취해 있었습니다. 밤에는 구석

진 곳을 찾아 이슬을 피해 잠을 잤고, 깨어나면 동네를 돌아다니며 빈

병이나 폐지를 모은 돈으로 술을 사먹곤 했습니다.

그런 생활 때문에 건강이 나빠진 박씨는 어느 날, 거리에 쓰러져 경찰에 의해 병원에 실려가게 되었습니다.

"할아버지, 건강이 너무 나빠지셨어요. 이제 집으로 돌아가시죠."

박씨가 깨어나자 박씨 곁을 지키고 있던 경찰관이 말했습니다.

"난 돌아갈 집이 없다네. 그러니 내게 마음쓰지 말고 밖으로 내보내주구려. 난 병원이 정말 싫다우."

박씨는 말을 마치고 비틀거리며 일어나 병실을 나갔습니다. 박씨를 병원까지 데려왔던 경찰관이 따라나서며 말했습니다.

"의사들 말이 할아버지 사실 날이 이제 얼마 남지 않았답니다. 의사들도 단념한 모양인데, 괜히 저를 원망하지는 마세요. 앞으로 얼마나 더 사실지 모르지만 너무 늦기 전에 가족들을 찾아가세요. 인생을 정리하셔야 하잖아요."

"젊은이, 걱정해 줘서 고맙네. 하지만 난 여태껏 누구를 해치거나 나쁜 짓을 한 적이 없으니 이제 자네를 만나지 않아도 될 듯 싶네…."

박씨가 쓸쓸하게 말하자 경찰관이 대답했습니다.

"누굴 해치지 않으셨다니 참 잘하신 일입니다. 할아버지! 그렇다면 지금까지 좋은 일을 한 적은 있으세요?"

경찰관이 돌아간 후 박씨는 깊은 고민에 빠졌습니다. 지금까지 누군가에게 해를 끼치며 살지는 않았다고 자부하지만, 지금껏 지내온 자신의 삶은 정말 남에게 드러낼 수 없을 만큼 부끄러운 삶이었기 때문입니다.

'누군가에게 좋은 일을 한다…. 그래, 정말 그렇군. 왜 그 생각을 못하고 살아왔을까?'

박씨의 주머니에는 만 원짜리 두 장이 있었습니다. 그것은 자신이 죽었을 때 관값이라도 할 수 있도록 챙겨가지고 다니는 돈이었습니다.

박씨는 그 돈을 손에 꼭 쥐고 걸어가며 생각했습니다.

'이 돈으로 누군가에게 좋은 일을 해야지.'

죽음이 바로 눈앞에 다가온 것을 예감한 박씨의 결심이었습니다. 그러나 늙은 노숙자의 도움을 받으려고 하는 사람은 그 어디에도 없었습니다.

그때였습니다. 누군가 작은 목소리로 그를 부르기 시작했습니다. 어렵게 눈을 떠보니 열 살 정도 되어 보이는 소녀가 그를 부르고 있었습니다.

"할아버지, 제게 천 원이 있는데 받아주시겠어요?"

그 말을 들은 박씨는 벌컥 화를 내고 말았습니다.

"이 녀석! 나는 거지가 아니야!"

그러나 소녀는 물러서지 않고 말했습니다.

"그러지 말고, 제발 받아주세요. 저는 다섯 살 난 동생하고 둘이 살아요. 부모님은 모두 돌아가셨구요. 그런데 동생이 빨간 불자동차를 갖고 싶다고 자꾸 졸라요. 제가 가진 돈은 천 원이 전부인데 말이에요."

"그래? 그런데 그 돈까지 나를 줘버리면 어떻게 하려고?"

"엄마가 돌아가시기 전에 말씀하셨어요. 남에게 좋은 일을 하면 그보다 몇 배 더 좋은 일이 생긴다고요. 그래서 제가 가진 천 원을 불쌍해 보이는 사람에게 주려고 하는 거예요."

소녀의 말을 듣고 박씨가 손을 내밀며 말했습니다.

"그럼 그 돈을 내게 다오. 그리고 두 눈을 꼭 감고 손을 벌려 봐."

소녀는 천 원짜리 지폐를 박씨에게 건네주고는 손을 벌린 채 두 눈을 꼭 감았습니다. 그러는 사이에 박씨는 주머니에서 자신이 지니고 있던 만 원짜리 지폐 두 장을 꺼내어 소녀의 손바닥에 놓았습니다.

"어머나!"

눈을 뜨고 돈을 확인한 소녀는 깜짝 놀라며 박씨를 꼭 끌어안으며 말했습니다.

"할아버지, 고맙습니다!"

그리고 소녀는 환한 미소를 지으며 뒷골목을 빠져나갔습니다.

그날 밤, 야간순찰을 돌던 경찰이 뒷골목을 지나다 죽어 있는 노인을 발견했습니다.

죽은 노인의 얼굴에는 환한 미소가 남아 있었습니다.

엄마가 나에게 아무것도 해주지 않아도 좋습니다
그냥 내 곁에 있어만 준다면…

어머니와 아들

이제 식물인간이 된 채 만 3년이 되어가는 젊은 엄마가 있었습니다.

건강한 사내아이를 순산했다는 통보를 받고 기쁨에 웃음이 입가에서 채 지워지기도 전에 갑작스럽게 식물인간이 되어버린 엄마.

이제 아이는 놀이방에 다닐 만큼의 나이가 되었습니다. 한번도 건강한 모습의 엄마를 본 적이 없는 아이였지만 그 아이에게 '엄마 어디 계시니?' 하고 물으면 꼭 누워 있는 엄마를 손가락으로 가리키며 엄마에게 다가가 얼굴을 비비곤 하였습니다.

태어나 젖 한 번 물어보지 못했어도, 엄마가 다정하게 "아가야!" 하고 불러주지 않았어도, 단 한 번 엄마의 포근한 품에 안겨보지 못했어도, 엄마와 세 살 난 아이는 그저 하늘 아래 함께 호흡하고 산다는 사실 하나만으로도 행복이란 것을 알고 있는 듯했습니다.

아이는 놀거나 밥을 먹다가도 엄마의 얼굴을 한 번 슬쩍 만져보거나 쳐다본 후에야 안심하고 밖으로 나갑니다.

가끔씩 갑자기 찾아오는 엄마의 응급사태로 119 응급차에 실려 가는 엄마를 보며 "엄마를 데리고 가지 마세요!" 하고 몸을 구르며 우는 아이.

오늘도 아이는 초점 없는 눈으로 천장을 바라보고 누워 있는 엄마에게 다가가 볼에 얼굴을 비비고 일어서며 씩씩하게 집을 나섭니다.

"엄마, 나 놀이방 갔다 올게!"

엄마가 처음 쓰러졌을 때, 아빠도 할머니도 모두 기적을 믿지 않았지만, 어린 아들만은 달랐습니다. 그리고 이제는 모두 어린 아들을 따라

기적을 믿게 되었습니다.

조용히 누워 병과 싸우고 있는 엄마를 이제까지 지켜준 것은 어린 아들의 때문지 않은 간절한 소망 때문이었습니다.

세상의 엄마들이 아프거나 아무것도 할 수 없다고 하더라도 우리들 곁에서 오래오래 머물러 주었으면 세상에 더 큰 행복은 없을 것 같습니다.

아이들에게 물고기를 주지 마세요
다만 낚시하는 법을 가르쳐주세요

가장 값진 유산

"여보, 이번 주말에는 시골 부모님댁에 한번 내려가야죠?

요즘 통 가 뵙지 못했잖아요. 아이들도 할아버지 할머니 보고 싶다고

하는데…"

아내로부터 그런 말을 들은 남편은 인상을 찡그렸습니다.

"아이참, 왜 얼굴을 찡그려요? 그렇게 가기가 싫어요?"

"아니, 뭐 그런 건 아니구…."

남편은 시골에 가는 게 싫었습니다. 시골에 계신 부모님의 얼굴만 보면 가슴이 답답해졌기 때문입니다.

'지긋지긋한 가난이 싫어. 내 젊은 시절은 그렇게 다 가버렸다구.'

그는 아버지로부터 아무런 도움도 받지 못했습니다. 평생 남의 땅을 빌려 농사만 지어온 아버지를 무능력한 사람이라고 생각했습니다.

학교를 다닐 때에도 그는 그 흔한 참고서 하나 제대로 준비하지 못하고 어렵게 공부를 해야 했습니다. 대학에 들어갈 때에도 장학금을 받기 위해 자신이 원하는 대학이 아닌 곳을 선택해야만 했고 대학을 졸업할 때까지 장학금을 놓치지 않기 위해 안간힘을 써야 했습니다. 다른 친구들이 놀러 다니며 마음껏 젊음을 즐길 때 자신만이 아르바이트로 고생해야 했던 기억들이 잊혀지지 않았습니다. 그리고 지금의 아내를 만나 결혼할 때에도 스스로 노력해서 번 돈으로 모든 것을 해결해야 했습니다.

부모님에 대해 불만이 많았지만 그럴수록 그는 더욱 열심히 일해 기반을 닦아나갔습니다. 그렇게 해서 이제는 경제적으로 안정을 찾아 풍족한 생활을 하고 있었지만, 부모님에 대한 원망은 사라지지 않았습니다.

하지만 그렇다고 발길을 끊을 수는 없는 일이었습니다. 남편은 어쩔 수 없이 시골 부모님을 찾아갔습니다. 부모님 댁에서 하루를 묵고 돌아오는 길에 아내가 말했습니다.

"당신은 어쩜 그렇게 아버님을 쏙 빼 닮았어요? 매사에 깔끔하고 빈틈 없는 것 말이에요. 아버님도 당신이랑 똑같이 음식 하나 남기지 않으시고, 저녁엔 수도며 가스며 일일이 다 확인한 뒤 문단속까지 하시잖아요. 또 특별한 일이 없어도 꼭 새벽같이 일어나시는 것하며. 아무튼 아버님과 당신은 한 틀에서 찍어낸 붕어빵 같아요."

순간 남자는 무엇인가에 머리를 얻어맞은 느낌이었습니다. 아무것도 도움을 주지 않았다고 원망만 한 부모님이었지만, 사실은 가장 값진 유산을 물려주었다는 것을 깨달았기 때문입니다.

세엣

사랑과 인내를 준비하십시오
결혼준비는 그것으로 충분합니다

결혼 반지

결혼을 한달 앞둔 친구가 찾아왔습니다. 그런데 얼굴이 너무

어두워보였습니다.

"예비신부 얼굴이 왜 그 모양이니? 무슨 걱정이라도 있어?"

친구는 아무 말도 없이 커피잔만 만지작거리더니 한참을 망설인 끝에 입을 열었습니다.

"혼수 때문에…."

친구의 집안 형편은 그리 넉넉하지 않았지만 부모님께서는 농사를 지으며 오남매를 모두 대학까지 가르치셨으니 그런 부모님께 결혼비용까지 말씀드릴 수가 없었나 봅니다.

"우리 남매들 가르쳐주신 것만 해도 죄송하고 고마운데, 결혼비용까지 손을 내밀 수는 없잖아….내가 그동안 저축해둔 돈으로는 결혼식 비용은커녕 신랑 예물을 사기에도 턱없이 부족하거든…."

"그런데? 왜? 시부모님이 엄청난 걸 요구하시니?"

"아니, 아직 그런 건 아니구, 내일 시어머니하고 결혼 예물하고 혼수를 사러 다니기로 했는데 아직 뭘 사라고 강요하시지는 않았지만 내일 그런 일이 벌어지면 어쩌나 해서 말이야."

친구는 대학을 졸업하고 작은 회사에 들어가 2년 간 다니다가 결혼을 하게 되었습니다. 그간의 월급을 모아 열심히 저축을 했지만 그리 큰돈이 아니기에 근심이 컸습니다.

"미안해, 결혼 축하해주려고 만난 너한테 괜히 걱정만 늘어놓아서 말이야. 그런데 말이야, 나 요즘 시골에 계신 엄마 생각이 자꾸만 나는 거

있지…. 엄마가 시골일로 바쁘지만 않았으면 나하고 같이 손붙들고 그릇이랑 침대랑 사러 다닐텐데…."

아마도 친구는 너무도 세련되고 고상해 보이는 시어머니를 보니 시골에서 농사일만 하느라고 얼굴은 그을리고 손은 투박하기 그지없는 엄마가 자꾸만 생각났는가 봅니다.

쓸데없이 기죽지 말고 당당하게 대하라고 친구에게 말해주었지만 그게 쉽지 않은 일이라는 것을 잘 알고 있었기에 제 마음은 우울했습니다.

다음날 만난 친구는 자랑스럽게 다이아몬드가 박힌 결혼 반지를 보여주었습니다.

"어머, 이렇게 비싼 걸 했어? 너 어쩌려고…."

그러나 친구는 잔잔하게 웃으며 말했습니다.

"우리 어머니가 뭐라고 하셨는지 알아? '아무래도 결혼 반지는 다이아몬드가 좋겠지?' 하셔서 가슴이 오그라들었는데, 글쎄 당신께서 그동안 소중하게 보관하고 있던 다이아몬드하고 장롱 속 깊숙한 곳에 있던 우리 신랑 백일반지 돌반지를 모아서 우리 두 사람의 결혼 반지를 미리 만들어놓으셨다고 하시잖아. 그리고 당신 집엔 텔레비전, 냉장고, 세탁기는 다 있으니 특별히 따로 장만할 건 없다구 하시지 뭐야. 그런데 특별히 부탁을 하신 게 하나 있어."

"특별히? 그게 뭔데…"

"결혼하면 당신은 딸을 하나 얻은 기분이라 좋으시지만 딸가진 부모 마음은 한없이 섭섭한 법이라며 시골에 계신 부모님 꼭 찾아뵙고 섭섭한 마음 꼭 풀어드리고 오라고 하셨어."

친구는 시골에 계신 엄마를 찾아뵐 생각에 얼굴이 활짝 피어나고 있었습니다.

사랑은 옳고 그름을 따지는 것이 아닙니다
다만 보듬어 **안아주는** 것입니다

행복을 주는 거짓말

병원 앞에 있는 잡화상에는 늘 손님들로 북적거렸습니다. 병원에 입원한 사람을 찾아가는 따스한 발길이 계속 이어지는 곳이기 때문입니다. 병문안 가는 사람들에게 꽃이나 과일, 음료수 따위를 파는 작은 가게는 그래서 늘 바쁜 곳입니다.

어느 날, 40대 중반쯤 되어 보이는 한 남자가 과일바구니를 이리저리 보더니 값을 물었습니다.

"이건 얼마죠?"

"네, 그건 이만 원입니다."

남자는 지갑을 만지작거리며 쉽게 결정을 내리지 못했습니다. 그러다가 무엇인가 결심한 듯 말했습니다.

"한 가지 부탁 좀 드려도 될까요? 장모님께서 이 병원에 입원하셨는데, 과일을 무척 좋아하시거든요. 그래서 하나 사 드릴까 하는데, 이 가격이면 아내가 부담스러워할 것 같네요. 그러니까 지금 먼저 만 원을 받으시고, 잠시 후에 아내와 제가 다시 오면 만 원이라고 해 주시면 안 될까요? 그러면 그 때 나머지 만 원을 드리겠습니다."

가게 주인은 빙긋 웃으며 고개를 끄덕였습니다. 남자는 환하게 웃으며 병원으로 들어갔습니다. 그리고 약 10분 정도 지난 후에 남자는 아내와 함께 되돌아왔습니다.

그는 마치 처음 들른 것처럼 과일바구니 앞을 서성거리다가, 그 과일바구니의 가격을 물었습니다. 주인이 태연하게 대답했습니다.

"네, 그건 만 원입니다."

그러자 남자는 아내를 불렀습니다.

"여보, 이거 만 원밖에 안 한데. 어머님 갖다 드리면 참 좋아하시겠지?"

정가에서 무려 절반이 깎인 가격이었지만, 아내는 그래도 비싸다는 듯 한동안 망설인 끝에 결국 과일바구니를 샀습니다.

다정하게 아내의 손을 잡고 병원으로 들어가던 남자는 뒤를 돌아보며 고맙다는 듯 가게 주인에게 환한 미소를 보냈습니다.

아무리 **미워한다고** 당신이 말하더라도,
나는 알고 있습니다
그것도 **사랑의 표현**이라는 것을….

나 떠난 후

"아니, 지금 이걸 나에게 먹으라고 갖다 주는 거야?"

남편은 벌컥 화를 내며 쟁반을 손으로 쳤습니다. 그 바람에 죽이 담긴

그릇이 바닥으로 굴러 떨어져 버렸습니다.

"여보, 미안해요. 다시 해 올게요."

아내는 식탁에 앉아 눈물을 흘렸습니다.

남편은 폐암에 걸렸습니다. 병에 걸리기 전까지 남편은 세상에서 가장 자상한 사람이었습니다. 그러나 병을 앓아오면서, 그리고 의사로부터 앞으로 몇 개월 살지 못할 거라는 이야기를 들은 이후부터 남편은 변하기 시작했습니다.

툭하면 화를 내고 소리를 질렀습니다. 이전에는 단 한번도 큰 소리를 치거나 화를 내지 않았던 사람이었기에 아내의 고통은 더욱 컸습니다. 그러나 아내는 묵묵히 견딜 뿐이었습니다.

"여보! 도대체 어딜 간 거야! 빨리 약을 가져오란 말이야!"

방안에 누워있던 남편이 다시 소리를 질렀습니다. 아내는 눈물을 닦아 내고는 다시 경쾌한 목소리로 대답했습니다.

"네, 여보, 미안해요. 지금 곧 가지고 갈게요."

막 자리에서 일어서는데 남편의 절친한 친구가 문을 열고 들어왔습니다.

"이 친구는 좀 어떤가요?"

"여전하시지요. 어서 오세요. 지금 방안에 있어요."

아내는 남편 친구를 방으로 안내한 후에 약을 가지고 방으로 갔습니다.

"이런 정신없는 여자 같으니라고! 손님이 왔는데 차를 가져와야지! 약은 무슨 빌어먹을 약이야!"

"네, 죄송해요. 금방 차를 가져오겠어요."

아내가 정신없이 방을 나간 후에 친구가 말했습니다.

"이보게, 자네 왜 이러는가? 예전에는 그러지 않았잖아?"

그러자 침대에 누워 있던 남편이 조용히 일어나 앉아 긴 한숨을 내쉬며 말했습니다.

"내 아내는… 마음이 너무 여려. 내가 떠난 후에 이 험한 세상을 살아가려면…."

그렇게 말하는 남편의 눈가에 이슬이 맺히고 있었습니다. 방 밖에서 그 말을 엿들은 아내도 하염없이 눈물을 흘리고 있었습니다.

아무리 감추려고 해도,
내 잔에 가득 차 어쩔 수 없이 흘러넘치는 것,
그것이 진짜 사랑입니다

나의 천사

처음으로 회사에 취직하여 사회에 첫발을 내딛었다는 설렘과 함께 사랑이 찾아왔습니다. 그 사람은 저보다 열 살이나 더 많은 사람이었습니다.

서른 두 살의 노총각이었지만 그 사람은 모든 여직원들의 시선을 한몸에 받는 사람이었습니다.

저도 물론 매일 그를 보는 기쁨으로 출근을 했습니다. 그러나 그는 저를 어린 학생처럼 대할 뿐이었습니다. 화장을 진하게 해보기도 하고 야한 옷차림을 해보기도 했지만 그는 아무런 반응이 없었습니다.

그래서 저는 새로운 작전을 세웠습니다. 아무도 모르게 날마다 그의 책상 위에 꽃을 꽂아 놓기도 하고, 시집을 읽다 좋은 글이 있으면 예쁜 카드에 적어 올려놓았습니다.

드디어 그가 반응을 보이기 시작했습니다. 그가 카드에 적힌 글을 읽어보고는 허공을 향해 큰 소리로 말했습니다.

"누군지는 모르지만 주신 글 감사합니다."

그것으로 끝이었습니다. 다른 사람 같았으면 궁금해서라도 그 사람을 찾아내려고 노력하는 게 보통이겠지만, 그는 달랐습니다.

'혹시 애인이 있는 게 아닐까?'

그렇게 혼자 가슴 졸이며 바보처럼 말 한 번 제대로 못하고 반년이 흘렀습니다.

그러던 어느 날, 그가 결혼을 하여 미국으로 떠난다는 청천벽력 같은 소식이 들려왔습니다. 그날부터 전 아무 것도 먹지 못하고 허탈한 상태에 빠져 출근조차 할 수 없었습니다.

일주일 뒤, 초췌한 모습으로 출근을 하니 그는 이미 퇴사하고 난 뒤였습니다. 정신없이 인사과로 내려가 그 사람의 주소와 연락처를 알아내어 몇 번이나 망설인 끝에 전화를 걸었습니다. 그런데 수화기 너머에서 그의 어머님이 울음을 터뜨리며 말하는 것이었습니다.

"그 애는 뇌종양 수술을 받으러 미국에 갔어요."

결혼해서 미국으로 간다는 것은 거짓말이었습니다.

그 사람의 흔적이 너무 많은 회사를 더 이상 다닐 수 없었던 저는 사직서를 내기로 마음먹었습니다. 책상을 정리하려고 서랍을 열자 상자 하나가 눈에 띄었습니다. 그 안에는 제가 그에게 매일 썼던 시들이 차곡차곡 묶여 있었습니다. 그리고 예쁜 쪽지가 하나 더 들어 있었습니다.

"당신은 나의 천사였습니다."

꿈에도 잊을 수 없는 그의 글씨였습니다. 그는 제 마음을 알고 있으면서도 자신의 병 때문에 애써 모르는 척했던 것입니다.

저는 아직도 그 사람을 기다립니다. 그가 제 마음을 알고 있었으면서도 자신의 병 때문에 제가 괴로울까봐 참았던 것처럼, 저도 참으며 기다리고 있습니다.

매일 매일 새롭게 살아가는 방법
바로 오늘이 1월 1일이라고 생각해보세요

결혼기념일

"이거 하나만 약속해줘. 결혼하게 되면 매주마다 결혼기념일 행사를 해준다고 말이야."

여자의 말에 남자는 조금 어리둥절한 표정을 지었습니다.

"매주 결혼기념일을?"

"결혼했다는 이유로 연애시절의 애틋한 감정을 잊어버리는 건 싫어. 다른 친구들 보니까 결혼하면 그렇게 살더라. 그래서 매주 한 번씩 결혼기념일 행사를 가지려는 거야. 싫어? 그럼 결혼 이야기는 없던 것으로 해."

"아냐, 아냐! 그 정도는 당연히 해줘야지!"

남자는 그렇게 약속을 하고 여자와 결혼했습니다. 그리고 남들은 일 년에 한 번도 제대로 챙기지 못하는 결혼기념일을 매주 한 번씩 지금까지 지켜오고 있습니다.

어느 날, 남자의 친구들이 놀러와 이야기를 나누다가 결혼기념일 이야기가 나왔습니다.

"그런데 자네는 정말 매주 결혼기념일 행사를 하는 거야? 정말 대단하군. 그 돈을 어디서 다 마련해? 돈도 많아, 정말!"

"돈? 돈하고는 상관없어."

"아니, 행사를 하는 데 돈이 필요없다고?"

"우리 행사는 그렇게 거창한 게 아니거든."

남자는 그렇게 말하고는 아내 쪽을 바라보며 활짝 웃었습니다. 그들이 하는 행사는 정말 많은 돈이나 에너지가 들지 않는 것이었습니다. 그저 상대방을 위한 조그만 배려와 애정만 있으면 충분히 해결할 수 있을 정도의 간단한 방법으로 자신들의 결혼의 의미를 되새기고 있었기 때문입니다.

"우리가 결혼식을 올린 날이 토요일이잖아? 그래서 토요일 저녁은 따로 다른 약속을 잡지 않고 둘만의 시간을 보내는 거야. 엽서를 띄우기도 하고, 사랑에 관한 좋은 시를 발견하면 그대로 옮겨 적어서 읽어주기도 하지. 조금 여유가 있으면 밖에서 저녁식사를 하기도 하고, 영화를 보기도 하는 거지. 어떤 때는 연애 시절에 자주 다니던 데이트 장소를 가보기도 하고…."

친구들은 가만히 고개를 끄덕였습니다.

"물론 상대방에게 어울릴 것 같은 선물이 눈에 보이면 가끔은 그걸 선물하기도 해요."

옆에 있던 아내가 말하자 남편의 친구들이 다시 물었습니다.

"그럼 그렇지, 선물이 없을 리가 있나. 그래, 이제까지 받았던 선물 중에 가장 좋은 건 어떤 거였어요?"

그러자 아내는 주방에 있는 냉장고 앞으로 걸어가 냉장고 문에 붙어 있는 종이 한 장을 가리키며 말했습니다.

"바로 이거예요. 남편한테 받은 시인데요, 여기에는 우리 남편이 '내가 정말 결혼을 잘했구나' 라고 생각하는 이유가 적혀있답니다."

아내는 남편의 얼굴을 바라보며 미소지었습니다. 일년에 52번이니 결혼기념일을 지켜가는 부부의 얼굴에는 그렇게 일년 내내 행복한 미소가 흐르고 있었습니다.

멀리 떠난 사람이 너무 그리워 힘들다면,
지금 곁에 있는 사람에게 먼저 행복을 전해주세요

향기로운 여행

비포장도로를 달리는 버스는 심하게 덜컹거렸습니다. 그러나 군대에 간 남자친구를 면회하러 가는 길이었기에 여자는 덜컹거리는 버스 속에서도 기분이 좋았습니다.

그리고 여자의 기분을 좋게 만드는 것이 또 있었습니다. 옆에 앉은 할아버지의 무릎 위에 예쁜 꽃다발이 하나 놓여있었는데 그 꽃다발에서 은은히 풍겨 나오는 꽃향기가 여자의 마음을 즐겁게 만들어주었습니다.

아까부터 꽃다발을 자꾸 훔쳐보는 여자의 눈길을 알아차린 할아버지가 환하게 웃으며 물었습니다.

"꽃이 참 예쁘죠?"

"네, 정말 예쁘네요. 향기가 너무 좋아요, 할아버지."

여자도 할아버지를 마주보며 환하게 웃었습니다.

그리고 몇 분이나 지났을까요? 내릴 곳이 되었는지 할아버지가 자리에서 일어나며 꽃다발을 여자에게 내밀었습니다.

"난 이제 내리는데, 이 꽃다발 아가씨에게 주고 싶구먼."

"어머, 아니에요. 누구에게 선물하려고 가져가시는 거 아니에요?"

그러자 할아버지는 다짜고짜 꽃다발을 여자의 무릎 위에 놓으며 말했습니다.

"우리 할멈 갖다 주려고 했는데, … 아가씨가 너무 꽃을 좋아하는 것 같아서 말이야. 우리 할멈도 틀림없이 나한테 잘 했다고 말할 거야."

할아버지는 그렇게 말하는 여자가 대답을 하기도 전에 버스에서 내리고 말았습니다. 버스는 다시 출발했고 여자는 차창 밖으로 시선을 두고 할아버지를 쳐다보았습니다. 할아버지는 '공원묘지'라고 쓰인 간판을 향해 천천히 걸어가고 있었습니다.

불행에는 이유가 있지만 행복에는 이유가 없습니다
그저 행복할 따름입니다

씨뿌리는 행복

산등성이의 한쪽 아래에 자리잡은 몇 마지기 안 되는 조그마한 밭에서 뜨거운 여름 햇살이 내리쬐는 데도 아랑곳하지 않고 밭을 메는 노부부가 있었습니다.

"저 노부부 좀 보세요. 글쎄 자식 농사 잘못 지으면 저렇게 된다니까요."

"누가 아니래요! 불쌍하기도 하지, 쯧쯧쯧!"

밭에서 일하고 있는 노부부를 바라보며 사람들이 혀를 차며 비아냥거렸습니다. 그러나 노부부는 사람들의 시선은 아랑곳하지 않고 열심히 일만 했습니다. 게다가 서로 무엇인가 이야기를 주고받으며 환하게 웃기까지 했습니다. 정말로 행복한 모습이었습니다.

"아니, 그러고도 웃음이 나올까요? 그 많은 재산을 다 날리고, 이제는 남의 밭을 일구고 살면서…."

"정말 이해할 수 없는 사람들이라니까요."

노부부는 한때 마을에서 가장 소문난 부자였습니다. 물려받은 재산이 있었던 것도 아니고 가난했지만 누구보다 부지런히 일해서 재산을 모아 부자가 되었던 것입니다.

그러나 자식들이 문제였습니다. 가난할 때에는 열심히 일을 돕던 착한 자식들이었지만 부자가 되자 술만 마시고 노름을 일삼으며 흥청거리기 시작했던 것입니다. 그러다가 사고를 치기도 하고 남에게 피해를 입히기도 했습니다.

결국 그들의 뒷바라지를 하던 부부는 그동안 모아둔 재산을 하나 둘 잃기 시작했고, 결국 남은 재산을 모두 날리게 되었습니다.

그런데도 노부부는 주위의 시선에는 아랑곳하지 않고 열심히 일했습니다. 더욱 이상한 것은 일을 하면서부터 그들의 얼굴이 밝아지기 시작했다는 것입니다.

노부부를 이상하게 생각한 밭주인이 그들에게 물었습니다.

"처음에는 근심 가득한 얼굴로 와서 일을 시켜달라고 하지 않았습니까? 그런데 요즘 보면 매일 행복한 얼굴을 하고 있으니 참 이상하군요. 무슨 숨겨진 사연이라도 있나요?"

그러자 노부부는 서로를 바라보며 살며시 미소를 지으며 대답했습니다.

"젊은 시절에는 돈을 모으느라 정신이 없어서 서로 이야기를 나눌 틈이 없었습니다. 또 재산이 많이 모이자 걱정거리가 너무 많아 서로에게 관심을 가질 수가 없었지요. 하지만 이제는 다릅니다. 열심히 일을 하면 먹을 음식들이 생기고, 따뜻한 옷도 생깁니다. 게다가 서로 이야기를 나눌 시간이 많아졌어요. 그래서 요즘은 아주 행복합니다."

당신을 위해 작은 것을 준비했습니다
따뜻한 제 마음입니다

따뜻한 왼손

성격이 아주 밝고 친절한데다가 주위 사람들에게 아주 좋은 인상을 주는 남자가 있었습니다.

사람들은 모두 그 남자를 좋아했습니다. 실력이 뛰어나 매사에 일처리가 깔끔해서 다른 사람들에게 불편함을 끼치지 않을 뿐만 아니라 매너가 좋아서 사람들에게 아주 호감이 가게 하는 사람이었습니다.

그런데 이상한 것은 그렇게 나무랄 데 없이 매력적인 남자가 왼쪽 손을 항상 바지주머니에 넣고 다녀서 그의 왼손을 자세히 본 사람이 없다는 것입니다.

"저 사람 혹시 손에 이상이 있는 거 아닐까? 손가락이 기형인지도 몰라. 아니면 사고로 손가락을 잃었을지도 모르지."

사람들은 그가 도대체 왜 그런 습관을 지니고 있는지 묻고 싶었지만 쉽게 물어볼 수가 없었습니다. 평소에 너무 성실하고 밝은 얼굴을 하고 다녔기 때문입니다. 혹시나 진짜로 손에 장애가 있다면 그런 질문 때문에 상처를 입을 수도 있다고 생각했던 것입니다.

"정말 왜 그러고 다닐까? 손만 정상이라면 정말 나무랄 데가 없는 사람인데 말이야."

그 남자와 결혼을 약속한 여자도 누구한테 말도 못하고 속으로만 끙끙 앓고 있었습니다.

그러다가 그의 손을 주머니에서 빼기 위한 방법을 하나 생각해냈습니다.

"아버지, 그 남자에게 악수를 한번 청해 보세요."

결혼을 약속하고 부모님께 그를 인사시키기로 한 날, 그녀는 아버지에게 그렇게 부탁을 했던 것입니다. 장래에 장인어른이 될 사람이 손을 내미는 데도 불구하고 주머니 속에 손을 넣고 있지는 않을 것이라는 생각을 한 것입니다.

그러면서도 속으로는 작은 불안감이 있었습니다.

 '혹시 손에 이상이 있다면 어떻게 하지? 그걸 보고 아버지가 결혼을 반대라도 하신다면….'

 드디어 그가 그녀의 집으로 인사를 하러 오는 날이 되었습니다. 문 앞에서 남자를 맞이하던 여자의 아버지가 손을 내밀며 말했습니다.

"어서 오게, 반갑네."

"네, 초대해주셔서 감사합니다."

 남자는 고개를 숙이며 주머니 속에 있던 왼쪽 손을 꺼내 두 손으로 꼭 잡으며 인사를 했습니다.

 그의 손은 아무런 이상이 없었습니다. 오히려 얼굴만큼이나 아주 잘생긴 손이었습니다.

 부모님과 인사가 끝난 뒤 그녀는 그에게 다가가 살며시 물었습니다.

"왜 그렇게 잘생긴 손을 주머니에 넣고 다녔어요?"

 그러자 그가 빙그레 웃으며 말했습니다.

"손? 아! 그건 다른 사람의 손을 잡아줄 때 좀더 따뜻하게 잡아 주고 싶어서 그랬던 거야…"

그는 조용히 다가와 따뜻한 손으로 그녀를 감싸 안아주었습니다.

지금 가지고 있는 것이 꿈과 희망이라면
당신은 이미 모든 것을 지니고 있는 사람입니다

희망과 꿈

"저는 키도 작고 얼굴도 잘생기지 못했습니다."

조용한 커피숍에 앉아 있는 두 사람의 모습은 정말 어울리지 않았습니

다. 남자는 작은 키에 까만 얼굴을 하고 있었고 입고 있는 옷도 초라하

기 그지없었습니다. 그러나 그 앞에 앉아 있는 여자는 귀티가 흐르는

미인이었습니다.

"게다가 저는 집안도 가난해서 제가 직접 돈을 벌어서 학비를 대고 있습니다."

두 사람은 처음부터 어울리지 않는 만남처럼 보였습니다. 여자와 같은 학교의 남자 친구가 딱 한번만이라며 여자에게 간곡하게 부탁을 해서 갖게 된 만남이었습니다.

"그런데 왜 저를 보자고 하셨죠?"

여자는 앞에 앉아 쩔쩔매며 말을 이어가는 남자를 바라보며 잔잔한 미소를 짓고 있었습니다.

"네, 친구를 만나러 학교에 갔다가 그만 당신을 보고 첫눈에 반했습니다. 그래서…."

남자는 물을 한잔 마신 뒤 이야기를 이어갔습니다.

"제가 딱 한 번만이라도 만나게 해달라고 친구에게 간청을 했습니다. 지금은 어떨지 모르지만 이제부터 제 이야기를 듣게 된다면 당신도 저를 사랑하게 될 것입니다."

남자는 그렇게 말하며 여자를 똑바로 쳐다보았습니다. 여자는 '도대체 이 남자가 무슨 말로 나를 유혹하려는 걸까?' 하는 얼굴로 남자를 바라보았습니다. 어떤 달콤한 말을 한다고 해도 여자는 유혹에 넘어갈 것 같지 않았습니다.

"제 이야기를 들은 다음에도 제가 싫다면 더 이상 괴롭히지 않겠습니다. 그러니…"

"좋아요. 말씀하세요. 다만 제가 그 이야기를 다 들은 후에는 정말 제가 하고 싶은대로 행동해도 뭐라고 하시면 안돼요, 아셨죠?"

여자의 허락이 떨어지자 남자는 고개를 끄덕인 후 이야기를 이어갔습니다. 그리고 그 이야기는 무려 반나절 동안 이어졌습니다.

"비록 지금은 그렇지 않지만 앞으로 저는 세상을 아름답게 가꿔나가는 사람이 될 겁니다. 먼저 앞으로 1년 동안 식당에서 일하며 돈을 벌고 그 돈으로 저녁에는 학원에 나갈 겁니다. 월급의 20퍼센트만 쓰고 나머지는 저축을 해서 내년에 입학할 대학의 등록금으로 사용할 겁니다."

그 다음엔 S전문대 조경과에 진학하고 졸업 후엔 방송통신대학교에 편입해 학사 학위를 딸 겁니다. 그때까지는 매일 새벽 4시에 일어나서 우유와 신문을 동시에 배달하면서 등록금과 용돈을 해결할 것입니다. 물론 방학 때는 아는 분께 부탁해서 조경 관련업체의 일자리를 구해 실무 경험도 쌓아둘 겁니다.

그 다음엔 K대학 대학원에서 건축학을 전공하고 졸업 후엔 Y조경회사에 입사해 10년 동안 근무하고, 그 후에는 그 동안 배운 노하우를 바탕으로 독립할 겁니다. 그러려면 매일 수면시간은 4시간을 넘어서는 안

되고 국가공인기술사 자격도 취득해야 합니다.

그 다음엔 강과 산이 마주치는 한적한 곳에 지붕을 유리로 덮은 예쁜 집을 짓고 9시쯤 되면 아침 햇살이 침대 모서리까지 비치는 집을 지을 겁니다. 그러면 굳이 알람을 맞춰두지 않아도 저절로 일어날 수 있을 테니까요. 그리고 거기에서 사랑하는 아내와 아이들과 함께 사는 것이 제 꿈입니다."

그가 대충 이런 이야기들을 늘어놓는 데 꼬박 반나절이나 걸렸습니다. 그렇게 긴 이야기를 끝낸 남자는 마지막으로 딱 한 마디를 덧붙였습니다.

"지금까지 제가 말한 꿈과 희망을 모두 다 당신에게 드리겠습니다. 대신 내게 당신의 마음을 주십시오."

남자는 드디어 긴 이야기를 끝내고 입을 다물었습니다. 그러나 여자는 그런 남자를 바라보며 할 말을 잃고 있었습니다.

몇 년 후 키작고 못생기고 가난한 남자는 그토록 사랑하던 여인을 아내로 맞이하였습니다.

다른 사람에게 나누어줄 것이 있는
당신은 부자입니다

사랑의 쌀

1교시가 시작되는 종소리가 울렸습니다. 초등학교 1학년인

경희는 가방에서 책을 꺼내놓다가 다시 옆자리를 보았습니다. 짝꿍 수

영이의 모습은 그때까지도 보이지 않았습니다.

'왜 안 오지? 어디가 아픈 걸까?'

빈자리를 보며 경희는 수영이의 허름한 집이 생각났습니다.

처음 학교에 들어왔을 때 경희는 수영이를 몹시 싫어했었습니다. 옷도 지저분하고 머리에서 냄새까지 났기 때문입니다.

그러다가 비가 오던 어느 날, 우산을 가져오지 않은 수영이와 함께 집으로 돌아가게 되면서 친한 친구가 되었습니다. 우산을 함께 쓰고 가면서 이야기를 나누다보니 수영이는 아주 착한 마음을 지닌 아이라는 생각이 들었기 때문입니다.

수영이 아빠는 술주정뱅이였고, 엄마는 수영이가 다섯 살때 집을 나갔다고 했습니다. 그래서 수영이는 어린 몸으로 동생을 돌보는 일까지 하고 있었습니다.

'집에 무슨 일이 생겼나?'

경희가 수영이 생각을 하고 있을 때 담임선생님이 경희를 불렀습니다.

"경희야, 너 혹시 수영이가 왜 학교에 오지 않는지 알고 있니?"

"저도 잘 몰라요."

"그래, 너 수영이네 집 알고 있지? 오늘 학교 끝나면 선생님하고 수영이네 집에 좀 같이 가줄 수 있니?"

경희는 고개를 끄덕였습니다.

"자, 좋아요. 그럼 어제 선생님이 말한 사랑의 쌀을 걷겠어요. 불우이웃 돕기 사랑의 쌀을 가져오라고 했죠?"

어제 선생님은 불우이웃을 돕는 것이라며 쌀 반 봉지씩을 가져오라고 하셨습니다. 아이들은 모두 쌀을 가지고 나와 선생님 책상 앞에 놓았습니다.

그때 누군가가 복도를 막 뛰는 소리가 들리더니 우리반 문이 열렸습니다. 수영이였습니다. 수영이가 땀을 뻘뻘 흘리며 허겁지겁 교실 안으로 들어왔습니다. 그 모습을 보던 선생님이 깜짝 놀라 물었습니다.

"왜 이렇게 늦었니?"

수영이는 이마에 흐르는 땀을 손등으로 닦으며 말했습니다.

"쌀을 가지고 오느라고 늦었어요. 너무 무거워서…."

수영이는 그 말과 함께 어깨에 지고 있던 커다란 봉투를 바닥에 내려놓았습니다.

"선생님이 쌀 반봉지 가져오라고 하셨잖아요. 집에 남은 쌀이 이게 전부인데, 반이 조금 안돼요. 어떡하죠?"

그러자 담임선생님이 갑자기 수영이를 끌어안고 눈시울을 붉혔습니다.

"그랬구나, 반 봉지를 잘못 알아들었구나. 그래서 집에 있는 쌀을 모두 가져왔구나!"

그땐 선생님이 왜 그렇게 우는지 알지 못했습니다. 하지만 이제는 그 이유를 알 듯 싶습니다.

그날 친구들이 가져온 사랑의 쌀은 수영이를 돕기 위한 쌀이었습니다.

어려움 속에서만 피는 꽃이 있습니다
사랑이 바로 그것입니다

하얀 손수건

"아니, 아주머니가 이걸 흘리고 가셨네."

오후 2시부터 빌딩 청소를 하고 있는 김씨는 작업복을 갈아입으려고

직원 휴게실에 들어갔다가 하얀 손수건을 발견했습니다. 그것은 오전

에 청소를 담당하고 있는 아주머니가 평소 소중하게 지니고 다니던 것이었습니다.

"그렇게 애지중지하더니 어떻게 이걸 흘리고 갔을까?"

언제나 소중하게 간직하고 다니는 것을 보고 "그게 뭐예요?"라고 물어도 늘 조용히 미소만 짓고는 대답을 해주지 않던 아주머니였습니다.

김씨는 손수건을 이리저리 살펴보았습니다. 서툰 솜씨지만 정성스럽게 '엄마 사랑해요'라고 수가 놓여 있었습니다.

그 순간, 문이 벌컥 열리며 오전 청소를 담당하던 아주머니가 들어왔습니다.

"어휴, 제가 그만 깜빡하고…."

김씨는 미안하여 어쩔 줄 몰라 하며 손수건을 아주머니에게 건넸습니다.

"죄송합니다. 제가 그만 너무 궁금해서 손수건을 좀…. 그런데 아주머니, 그 손수건에 무슨 사연이라도 있습니까?"

"이 손수건은 제가 일찍 남편을 잃고 이렇게 힘들게 살아가면서도 웃음을 잃지 않게 해주는 부적 같은 거예요.

… 몇 년 전, 남편이 사고로 죽고 아이들과 함께 길거리로 쫓겨나는 신세가 되었습니다. 하지만 전 그렇게 쓰러질 수는 없다고 생각하고 이를

악물고 열심히 일을 했습니다.

생활비를 벌기 위하여 아침 6시에 일어나 빌딩청소를 하고, 오후가 되면 식당으로 달려가 밤늦게까지 일을 했고, 그렇게 일을 끝내고 집에 들어가면 새벽 2시가 훌쩍 넘어가곤 했습니다.

제가 일을 하는 동안 집안 살림은 초등학교에 다니는 나이 어린 큰딸이 돌봤지요. 하지만 그렇게 사는 게 너무 힘이 들어 모든 것을 포기하려고 하던 어느 날, 전 죽을 결심을 하고 수면제를 사들고 집으로 갔습니다. 두 아이들이 추운 방에 낡은 이불을 덮고 나란히 잠들어 있었는데 머리맡에 편지 한 통이 놓여 있었습니다.

엄마!
엄마가 들어오셨을 시간이면
아마도 영희하고 저하고는 자고 있겠지요.
오늘 학교에서 수놓는 것을 배웠어요.
그래서 엄마를 드리려고 손수건을 만들었는데
엄마 마음에 드실지 모르겠어요.
처음으로 놓는 수라서 잘하지는 못했지만
엄마를 생각하면서 정성스럽게 만들었어요.
손수건에 예쁜 실로 수놓은 글씨는
제가 엄마한테 꼭 하고 싶었었는데
하지 못했던 말이에요.

엄마 사랑해요

엄마! 지금 피곤하시죠? 저는 알아요.

저희들 때문에 많이 힘들어하신다는 것을.

엄마, 고맙습니다.

큰딸이 쓴 편지를 읽고 저는 생각했답니다.

'미안하구나. 너희들이 나를 이렇게 생각하고 있는 줄도 모르고….'

그 후부터 저는 큰딸이 예쁘게 수를 놓아 만들어준 이 하얀 손수건을

소중하게 지니고 다닌답니다."

내 사랑이 다른 사람에게
상처가 되지 않기를 기도합니다

마음의 상처

잠들지 못하고 뒤척이던 아내가 마침내 벌떡 일어나 앉으며

말했습니다.

"정말 이 결혼은 승낙할 수 없어요."

곁에 누워 있던 남편이 천천히 일어나며 아내의 등을 토닥였습니다.

"여보, 이제 진정해요. 나도 장애인이오. 그런데 우리가 장애인 며느리는 받아들일 수 없다는 것은 말도 안 돼요."

"어떻게 당신이랑 비교해요? 당신은 다리를 빼고는 하나도 부족함이 없는 사람이잖아요."

"그건 모두가 마찬가지 아니오? 그 아이도 장애가 있다는 것 빼고는 부족한 게 없어요. 당신이 너무 욕심을 내니까 부족해 보이는 것뿐이지."

"그렇지 않아요. 우리가 결혼할 때 기억나세요? 우리 부모님은 당신을 반대하지 않았어요. 그건 당신이 부족한 게 없었기 때문이라니까요."

남편은 묵묵히 생각에 잠겼다가 아내에게 물었습니다.

"당신 정말 그렇게 생각하는 거요?"

"그게 무슨 말이에요? 우리 부모님은 저한테 한 번도 당신과 헤어지라고 말씀하신 적이 없었어요. 그건 당신도 잘 알잖아요. 오히려 당신이 나를 장애인 아내로 만들 수 없다면서 헤어지자고 했었잖아요. 그러니까 우리하고 우리 아들의 경우는 달라요. 날이 밝으면 당장 달려가 결판을 내겠어요."

그러자 남편은 조용히 불을 켜고 앉았습니다.

"내가 이 이야기는 끝까지 하지 않으려고 했는데, 당신이 이렇게 나오니 할 수 없구려. 내가 왜 그때 당신에게 결별을 선언했는지 아오? 당신을 장애인의 아내로 만들고 싶지 않다는 내 말을 믿었소? 만약 그게 진실이라면 나는 처음부터 당신을 만나지도 않았을 거요."

남편의 말에 아내는 깜짝 놀라고 말았습니다.

"그럼 무슨 다른 이유라도 있었다는 말인가요?"

"그 당시 우리가 연애하고 있을 때, 당신 어머니께서 나를 찾아온 적이 있었소. 장모님은 장애인 사위를 맞을 수 없으니 헤어지라고 하셨지."

"아니, 그럴 리가 없어요. 우리 부모님은 저에게 그런 말을 하신 적이 없었어요."

"당연하지. 당신 딸의 가슴을 아프게 하기 싫었으니 그러셨을 거야. 나는 이해한다오. 하지만 난 당신을 행복하게 해줄 자신이 있었기 때문에 어떻게든 당신 어머니를 설득하려고 했지. 하지만 당신 어머니께서 당신과 헤어지지 않으면 목숨을 버리겠다고까지 말씀하셨지. 그 이야기를 듣고 나는 더 이상 버틸 수가 없었소. 그래서…."

아내는 남편의 이야기를 듣고 아무 말도 할 수 없었습니다.

"부모 마음은 다 같은 것이오. 당신 어머님도 모두 당신을 위해 그렇게 하셨을 거요. 그러나 이제까지 우리가 살아오면서 내 장애 때문에 불행했소? 우리는 아주 행복하게 살아왔다고 나는 자신한다오. 아이들도 마찬가지라고 생각하오. 그러니 당신이 양보해요, 그 애를 며느리로 맞이합시다."

남편은 그렇게 말하고는 조용히 일어나 방문을 열고 나가며 혼잣말로 중얼거렸습니다.

"그만 마음 풀고 받아들여요. 사람 마음에 평생 지울 수 없는 상처 주는 일을 당신은 하지 말아요."

혼자 방안에 남은 아내는 깊은 생각에 잠겼습니다. 그리고 남편이 마지막으로 한 말을 생각했습니다.

'평생 지울 수 없는 상처. 남편의 마음속에는 아직도 상처가 있다는 뜻이 아닌가! 그러면서도 지금까지 나한테는 내색 한 번하지 않다니…"

아내는 아들의 결혼을 승낙하리라 마음먹었습니다. 그것으로 남편의 깊은 상처가 조금이라도 엷어지기를 바라는 마음으로 말입니다.

옷과 신발, 자동차는 **사람**이 아닙니다
그런데 **우리**는 그런 것으로
사람을 판단하는 **실수**를 하곤 합니다

아기 웃음

지혜 엄마는 화가 나서 견딜 수가 없었습니다. 모처럼 남편의

승진을 기념하려고 감행한 외식 자리가 엉망이 된 기분이 들었습니다.

"여보, 어떻게 좀 해봐요!"

그러나 남편은 머리를 긁적일 뿐이었습니다.

두 돌이 갓 지난 딸 지혜 때문이었습니다. 음식이 나오고 맛있게 식사

를 시작하려고 하는 순간, 지혜가 까르르 소리를 내면서 경쾌하게 웃었

습니다. 지혜 엄마는 '무슨 일일까?' 하고 지혜를 바라보았습니다. 지혜는 음식점 의자 등받이에 가슴을 대고 다른 쪽 테이블을 바라보며 웃고 있었습니다. 지혜 엄마도 지혜가 바라보는 곳을 찾았습니다. 그리고는 얼굴을 찡그리고 말았습니다.

한 눈에 보아도 거리의 노숙자가 분명했습니다. 더러운 옷차림에 세수도 하지 않았는지 지저분한 얼굴을 하고 있는 남자가 보였습니다. 출입문 구석에 혼자 앉아 있는 그 남자가 지혜와 눈이 마주치자 "까꿍!" 하면서 아이를 향해 웃었고 지혜는 그럴 때마다 너무나 좋아하며 웃음을 터뜨리고 있었던 것입니다.

게다가 식당 안에 모든 사람들이 그 장면을 유심히 쳐다보고 있는 것이 더욱 속상했습니다.

지혜 엄마는 더러운 남자가 귀한 딸아이에게 하는 짓이 곱게 보이지 않았습니다. 그러나 지저분한 남자가 까꿍 하는 횟수가 거듭될수록 지혜의 눈은 더욱 밝게 빛을 내며 자그마한 몸으로 넘어질 듯 웃음을 터뜨리곤 했습니다.

참다못한 지혜 엄마는 음식이 남았음에도 불구하고 자리에서 벌떡 일어났습니다.

"우리 그만 가요."

남편은 아내의 마음을 이해한다는 표정을 지으며 엉거주춤 일어섰습니다. 그리고 음식값을 치르기 위해 성큼성큼 카운터를 향해 걸어갔습니다.

"지혜야, 가자. 신발 신어야지."

지혜는 신발을 신더니 카운터로 걸어가는 아빠를 향해 뛰기 시작했습니다. 아빠한테 달려가다가 그 남자를 발견하자, 누가 말릴 틈도 없이 두 팔을 벌리며 달려가 안겼습니다. 깜짝 놀란 지혜 엄마는 서둘러 지혜 곁으로 달려갔습니다. 빨리 아이를 되찾겠다는 생각뿐이었습니다.

그리고 남자 곁으로 가서 손을 뻗어 아이를 잡으려는 순간, 지혜 엄마는 멈칫 하고 말았습니다. 남자의 눈가에 눈물이 고여 있었습니다.

남자는 지혜 엄마에게 지혜를 건네주며 말했습니다.

"감사합니다. 정말 감사합니다. 따님을 이렇게 안을 수 있게 해주시니 뭐라고 감사를 드려야 할지…. 참 예쁜 아이군요."

지혜 엄마는 멍하니 지혜를 안고 식당 밖으로 나갔습니다. 남편이 음식값을 지불하고 뒤늦게 따라 나오자 지혜 엄마는 울고 있었습니다.

"그게 그렇게 속상했어?"

남편이 어깨를 토닥이자 지혜 엄마가 눈물을 흘리며 말했습니다.

"아니, 저 때문에 그래요. 제가 너무 나쁜 사람 같아서요. 지혜한테 배워야겠어요. 그동안은 정말 소중한 것들을 잊고 산 것 같아요."

네엣

사랑을 나누어주는 이유는
보답을 받기 위해서가 아닙니다
나누어줄 때 내 마음이 풍성해지기 때문입니다

사랑의 도시락

영수는 고아입니다. 물론 그를 돌봐주는 사람이 아무도 없었기 때문에 그는 매일 가난과 씨름해야 했습니다. 그러나 그렇게 힘든 생활 속에서도 영수가 지탱할 수 있는 이유가 한 가지 있었습니다. 무슨 일이 있어도 대학에 들어가서 열심히 공부해보리라는 꿈이 그에게 힘을 주는 든든한 기둥이었습니다.

영수는 그 꿈을 실현하기 위해 열심히 공부했습니다. 그러면 언젠가는 자신의 꿈을 이룰 수 있을 것이라고 굳게 믿고 있었기 때문입니다.

그렇게 몇 년을 노력한 끝에 영수는 드디어 그토록 바라던 대학에 입학할 수 있게 되었습니다. 합격 소식을 듣자마자 그는 대학이 있는 서울로 거처를 옮겼습니다. 기숙사에 들어갈 생각이었기 때문입니다. 그러나 기숙사는 입학을 한 후에나 들어갈 수 있다는 말을 듣고 고민에 휩싸이고 말았습니다. 기숙사만 믿고 덜컥 서울로 올라왔기 때문입니다. 주머니가 가벼운 그에게, 게다가 낯선 곳에서 거처를 구한다는 것은 쉬운 일이 아니었습니다.

하지만 운 좋게도 서울 근교에 있는 조그만 농장에서 일자리를 얻을 수 있었고, 그 곳에서 일을 하면서 잠자리도 해결할 수 있게 되었습니다.

이제 영수는 남부러울 것이 없었습니다. 고학 끝에 대학에도 합격하고 잠자리와 경제적인 어려움을 동시에 해결할 수 있는 일자리까지 얻었으니 그것으로도 충분하다고 생각했기 때문입니다. 더구나 고아로 태어나서 한번도 사람답게 살아보질 못했는데 곧 대학생이 되어 그동안 꿈꿔온 새로운 인생을 시작할 수 있다는 생각에 잠자리가 불편한 줄도 몰랐습니다.

영수는 대학 강의가 시작되기 전까지 농장으로 일을 나가기 시작했습니다. 하지만 막상 일을 시작하자 고민거리가 생겼습니다. 그 농장은 일꾼들이 각자 도시락을 싸와서 점심을 해결했는데, 그는 도시락을 싸올 형편이 못 되었기 때문입니다. 결국 영수는 다른 일꾼들이 도시락을 먹는 동안 혼자서 농장 후미진 곳에 숨어 있어야 했습니다.

도시락을 준비하지 못한 그는 아침부터 신나게 일하다가도 점심 생각만 하면 가슴이 답답해져오곤 했습니다.

그러던 어느 날이었습니다. 조장 아저씨가 점심을 먹다말고 이렇게 외치는 것이었습니다.

"아니, 이런 바보 같은 마누라가 있나? 내가 무슨 돼지라고 점심밥을 이렇게 많이 싸주는 거야? 어이, 누구 내 도시락 좀 같이 먹어줄 사람 없어?"

수돗가에서 물을 마시던 영수는 귀가 솔깃해졌습니다. 그냥 얻어먹는다고 생각하면 좀 창피하겠지만 어차피 남는 음식을 먹어준다고 생각하니 그리 부끄러울 것도 없었기 때문입니다.

운 좋게도 영수는 그 날 점심을 그렇게 해결할 수 있었습니다.

그런데 그 다음날도 조장 아저씨는 어제처럼 소리를 질렀습니다.

"아니, 이런 바보 같은 마누라가 있어? 내가 무슨 돼지라고 점심밥을 이렇게 많이 싸주는 거야? 어이, 누구 내 도시락 좀 같이 먹어줄 사람 없어?"

그 다음날도, 그 다음날도 조장은 점심시간마다 똑같은 소리를 계속했습니다. 그럴 때마다 영수는 조장 아저씨의 부인에게 그저 고마울 따름이었습니다. 그렇게 한 달이 넘는 기간 동안 영수는 아무런 부담 없이 점심을 해결할 수 있었습니다.

드디어 개강일이 다가와 농장 일을 그만두고 대학 기숙사로 떠나던 날, 영수는 조장 아저씨에게 고맙다는 인사를 하려고 농장 구석구석을 찾아다녔지만 조장 아저씨의 모습은 보이지 않았습니다. 하는 수 없이 영수는 사무실 경리 아가씨를 찾아가 자기 대신 조장님께 인사를 전해달라고 부탁했습니다.

"조장 아저씨 아주머니께도 인사를 전해주세요. 덕분에 제가 점심을 해결할 수 있었거든요."

그러자 경리 아가씨는 고개를 갸우뚱거리며 중얼거렸습니다.

"이상하다, 그럴 리가 없는데 그 사모님은 몇 해 전에 돌아가셨는데…."

외로움의 가장 큰 이유는
스스로 마음을 닫고 있기 때문입니다

내 친구 무인도

연쇄 살인범에 대한 재판이 열리는 날, 사람들의 관심은 온통 그 재판결과에 쏠려 있었습니다.

"사형제도가 폐지되었으니, 저렇게 흉악한 살인범에게 어떤 형이 내려질까?"

"글쎄 말이야, 그래서 사형제도를 없애는 게 아니라니까."

재판정에 모여든 사람들은 판사가 과연 어떤 형벌을 내릴 것인지 궁금해하며 재판을 지켜보고 있었습니다.

드디어 판사가 판결문을 낭독하기 시작했습니다.

"피고의 범죄는 너무나 끔찍해서 어떤 형벌을 주더라도 모자란다. 본 판사는 피고에게 이 세상에서 가장 무서운 형벌인 '고독형'을 선고한다. 피고는 앞으로 육지와 멀리 떨어진 무인도에서 평생을 보내게 될 것이다. 단, 1년에 한 번씩 피고의 상태를 확인할 것이다."

판사가 내린 판결에 대해 불만을 표시하는 사람들도 있었지만 무인도에 보내진 살인범이 고독을 참지 못하고 자살할 것이기 때문에 사형을 선고한 것과 같다고 말하는 사람들도 많았습니다.

마침내 살인범은 무인도로 추방당하게 되었고, 씨를 뿌리고 수확을 얻을 때까지 1년 동안 생활할 수 있는 물품들이 지급되었습니다.

시간이 흘러 1년이 되던 날, 경찰 관계자들이 무인도를 찾아갔습니다. 아마 스스로 목숨을 끊었을 거라고 모두들 그렇게 생각했지만, 살인범은 그대로 살아 있었습니다. 마르고 힘들어 보이긴 했지만 멀쩡히 살아 있었던 것입니다.

다시 1년이 지나서 찾아갔을 때에도 살인범은 여전히 살아 있었습니다.

그렇게 세월이 흘러 10년이 지나 열 번째로 무인도를 방문할 때는 무인도 유배를 선고했던 판사도 동행했습니다. 판사는 그때까지도 그 살인범이 살아 있다는 말을 믿을 수가 없었습니다.

이윽고 무인도에 도착한 그들은 나무로 만든 집에서 단잠을 자고 있는 편안한 얼굴의 살인범을 만날 수 있었습니다. 판사는 믿을 수 없다는 표정으로 살인범에게 물었습니다.

"도대체 어떻게 고독을 이겨냈는가?"

그러자 살인범이 미소지으며 대답했습니다.

"판사님 생각대로 인간에게 가장 무서운 벌은 분명히 고독이었습니다. 홀로 무인도에 남겨졌을 때, 차라리 자살하는 것이 낫겠다고 생각했습니다. 가장 양지바른 곳을 찾아 칡넝쿨로 끈을 만들어 목을 매달아 죽으려고도 했었지요. 그런데 제가 죽으려고 하자 이 섬이 말하더군요. "이봐, 죽지 마. 그동안 나도 얼마나 고독했는지 몰라. 이제 너에게는 내가, 나에겐 네가 있잖아. 우리 같이 행복하게 살자. 자연과 어울리는 법을 내가 가르쳐줄게." 자연을 배우는 데 3년의 시간이 걸렸습니다. 물론 당시엔 힘들었지만 지금은 이렇게 평화롭게 무인도와 잘 살고 있답니다."

세상의 구경꾼이 되고 싶나요?
아니면 세상의 주인이 되고 싶습니까

미래의 집

초등학교 4학년을 맡고 있는 최 선생님에게는 고민이 하나 있었습니다. 매일 엉뚱한 말로 수업 분위기를 흐려놓는 말썽꾸러기 한영이 때문입니다.

"이한영! 너 선생님하고 약속하자, 다시는 엉뚱한 말을 하지 않겠다고 말이야."

매번 그렇게 주의를 주었지만 한영이의 엉뚱함은 전혀 줄어들지 않았습니다. 이제는 거의 포기상태였지만 이번만큼은 선생님도 조마조마한 마음을 감출 수 없었습니다.

'혹시 청와대에 들어가 엉뚱한 장난이라도 한다면…'

그렇습니다. 최 선생님의 반이 이번에 대통령이 있는 청와대로 현장학습을 가게 되었던 것입니다.

"한영아, 제발 부탁이다. 이번에 가는 곳은 대통령이 일하고 계시는 곳이야. 그러니까 제발 아무런 문제도 일으키지 말고 조용히 있겠다고 선생님하고 약속하자, 응?"

한영이는 고개를 끄덕였지만 최 선생님은 마음이 놓이지 않았습니다.

드디어 최 선생님은 아이들과 함께 청와대에 도착했습니다. 물론 청와대 전체를 볼 수는 없었지만 방문객들을 위해 개방된 부분을 정해진 순서에 따라 둘러보게 되었습니다.

아이들은 나라에 중대한 일이 생길 때마다 회의를 연다는 회의실도 들어가 보고 청와대를 장식하고 있는 건축양식도 두루 살펴볼 수 있었습니다.

그러나 최 선생님은 마음놓고 구경을 할 수가 없었습니다. 한영이가 또 무슨 엉뚱한 말이나 행동을 할까 두려웠기 때문입니다. 그러나 선생님의 마음과는 달리 이상하게도 한영이는 조용히 견학을 마쳤습니다. 한영이는 선생님과의 약속을 지킨 것입니다.

견학을 마치고 돌아온 선생님은 아이들에게 청와대에 다녀온 소감을 노트에 써서 제출하라는 숙제를 내주었습니다.

다음 날 아침, 아이들은 견학문을 제출했습니다. 아이들은 청와대가 생각보다 훨씬 커서 놀랐다거나 텔레비전에서만 볼 수 있던 것을 직접 보게 돼서 너무 기뻤다는 내용이 대부분이었습니다.

하지만 중간쯤에서 엉뚱한 견학문이 하나 발견되었습니다. 바로 이 한영이었습니다. 정해준 분량을 다 채우지 않고 맨 위에 달랑 한 줄만 기록되어 있는 한영이의 글은 다음과 같았습니다.

"나는 앞으로 내가 살게 될 집을 다녀왔다."

말썽꾸러기 한영이가 조용히 견학에 열중한 것은 다 이유가 있었던 것입니다. 정해진 분량을 채우지는 못했지만 선생님은 빙긋 미소를 지었습니다.

완벽한 모습이 아니라
비어 있는 모습을 보여주세요
사람들이 그 빈 자리를 채워줄 것입니다

장미 일곱 송이

식당 주인은 고민이 많았습니다. 음식도 깔끔하게 만들고 언제나 최고의 서비스로 손님을 맞이하고 있다고 자신하고 있었지만 이상하게도 손님은 점점 줄어들고 있었습니다.

그러나 건너편에 있는 '장미 일곱 송이'라는 이름의 식당은 언제나 손님으로 가득했습니다.

고민을 거듭하던 식당 주인은 건너편에 있는 식당 주인을 찾아가 그 비결을 묻기로 했습니다.

'물론 쉽게 가르쳐주진 않을 거야. 그러나 한번 부딪쳐보는 거야.'

식당 주인은 손님이 없는 한가한 시간을 택해 건너편 식당으로 들어섰습니다.

"아이고, 요 앞 식당 사장님 아니십니까? 무슨 일이시죠?"

카운터에 앉아 있던 '장미 일곱 송이' 식당 주인이 밝은 표정으로 인사를 하며 물었습니다. 그렇다고 해서 다짜고짜 장사가 잘되는 비결을 가르쳐 달라고 말을 꺼낼 용기가 나지 않았습니다.

그래서 꺼낸 말이 간판에 대한 것이었습니다.

"궁금한 게 하나 있어서요. 이 집 이름은 '장미 일곱 송이'인데 간판에 그려진 장미는 다섯 송이뿐이잖아요. 그거 고쳐야 하지 않나 해서…"

그러자 '장미 일곱 송이' 식당 주인은 껄껄 웃으며 이렇게 대답했습니다.

"아, 그거요? 그게 저희 식당 영업 전략입니다."

별 뜻도 없이 내뱉은 말에 '영업 전략'이라는 대답을 들은 건너편 식당 주인은 귀가 솔깃해졌습니다.

"아니, 그게 영업 전략이라니요?"

"사장님뿐만이 아니라 지나가던 사람들도 모두 그걸 지적하려고 저희 식당 문을 열고 들어오시거든요. 그래서 간판에 그려진 꽃송이가 틀렸다고 가르쳐주시죠. 그렇게 들어온 분들은 모두 식사를 하고 가시거든요. 그리고 그 후에도 저희 식당을 잊지 않고 또다시 찾아주신답니다."

처음 초등학교에 들어가던 날, 새해가 시작되던 날,
사랑하는 사람으로부터 처음 고백을 받던 날,
언제나 그날의 마음을 잊지 않았으면 좋겠습니다

깨진 꽃병

어느 작은 마을에 잔치가 벌어졌습니다. 그 마을에서 50년을
해로한 부부의 50번째 결혼기념일을 축하하는 잔치였습니다.

노부부의 결혼 50주년을 축하해주기 위해 모인 사람들은 모두 잔치 준
비에 여념이 없었습니다.

"어머, 여기 깨진 꽃병이 있네?"

마을의 아주머니 한 분이 거실 선반에 놓여 있는 그릇들을 정리하다가

깨진 꽃병 하나를 발견하고는 옆에 있던 사람에게 말했습니다.

"정말 깔끔하고, 살림 잘하기로 소문난 할머닌데 왜 깨진 꽃병을 치우지 않으셨을까?"

"누구나 실수는 있는 법이잖아. 게다가 이젠 너무 늙어서 눈도 어두워지셨잖아."

"그런가요?"

아주머니들이 깨진 꽃병을 버리려고 하자 할머니가 깜짝 놀라며 다가와 말했습니다.

"이 사람아, 이 귀한 걸 어떻게 하려고 그러나?"

꽃병을 버리려던 아주머니는 놀라는 할머니를 바라보며 말했습니다.

"이건 깨진 꽃병이잖아요? 그래서 버리려고 하는데…."

"아니야, 이건 내가 가장 아끼는 보물이야. 어서 이리 주게나."

꽃병을 버리려던 아주머니는 머쓱한 표정으로 깨진 꽃병을 할머니께 돌려드렸습니다. 그리고 바로 잔치가 시작되었습니다.

그동안 한 번도 큰소리를 치며 싸우는 것을 본 일도, 부부가 서로를 헐뜯는 소리를 들은 적도 없었던 마을 사람들은 모두 노부부를 축하해주기 위해 마당에 모였습니다.

이윽고 노부부가 손을 꼭 붙잡고 손님들에게 인사하기 위해 마당으로 나왔습니다. 사람들의 따뜻한 박수 속에서 할머니가 먼저 입을 열었습니다.

"이렇게 많이들 와주셔서 고맙습니다. 남편과 같이 살아온 세월이 벌써 50년이나 되었군요. 세월이 참 빠르게 느껴집니다. 남편과 제가 이때까지 아무런 탈 없이 결혼 생활을 지속해 올 수 있었던 것은 바로 이 깨진 꽃병 때문이랍니다."

그렇게 말하며 할머니는 깨진 꽃병을 들어 사람들에게 보여주었습니다.

"남편에게 실망을 느낄 때나 여러 가지 어려움에 빠져 괴로울 때 저 꽃병이 나를 지켜주었지요. 50년 전 늠름한 청년이었던 남편은 저희 집에 찾아와 제게 청혼을 했습니다. 그때 제 가슴이 얼마나 뛰던지, 감격한 나머지 이리저리 돌아다니다 그만 탁자 위의 꽃병을 깨뜨리고 말았습니다. 깨진 꽃병은 그날의 제가 느낀 감격, 바로 그것입니다. 그래서 그때의 감격을 늘 되새기기 위해 눈에 잘 띄는 곳에 놓아두었지요."

경기에 참가하지 않으면 **패배**는 없을 것입니다
물론 **승리**도 없겠지만 말입니다

천사의 약속

어느 날, 한 남자에게 천사가 찾아와 말했습니다.

"앞으로 당신 인생에 큰 행운이 찾아올 겁니다. 당신은 크게 성공하여

많은 재산을 갖게 되고 아름다운 아내를 맞이하여 행복한 삶을 살게 될

겁니다."

그리고는 천사는 거짓말처럼 사라져 버렸습니다. 그 이야기를 들은 남자는 꿈에 부풀어 살아가기 시작했습니다.

"이제 기적이 일어날 거야! 조금만 참고 지내자."

그러나 이상하게도 행운을 가져다 줄 그 기적은 좀처럼 일어나지 않았습니다. 그리고 결국 남자는 성공은 물론 결혼도 하지 못한 몸으로 가난하게 살다가 쓸쓸히 죽어갔습니다.

죽어서 천국의 문 앞에 다다른 남자는 오래 전에 자기를 찾아왔던 천사를 발견하고는 한걸음에 달려가 불만을 늘어놓았습니다.

"도대체 이게 무슨 일입니까? 분명히 나에게 엄청난 행운과 행복이 온다고 말하지 않았나요? 그런데 이게 뭡니까?"

"난 당신에게 그런 말을 한 기억이 없는데요? 다만 당신에게 몇 가지 기회가 다가올 것이라고 말했을 뿐입니다."

"그게 그 말 아닙니까? 나에게는 아무것도 오지 않았어요!"

그러자 천사가 고개를 흔들며 말했습니다.

"아닙니다. 분명히 당신에게는 몇 번의 기회가 있었습니다. 그러나 당신 스스로 그 기회들을 놓치고 말았죠."

천사의 말을 들은 남자는 혼란스러운 얼굴을 하며 되물었습니다.

"도대체 무슨 기회가 있었다는 말입니까?"

167

"혹시 기억나십니까? 예전에 사업을 계획했던 일 말입니다. 그러나 당신은 실패를 두려워해 실행에 옮기지 못했습니다. 그러나 그 사업 아이디어는 몇 년 뒤 다른 사람에게 넘어갔습니다."

남자가 고개를 숙이며 대답했습니다.

"네, 기억합니다. 그 사람은 지금 엄청난 부자가 되었습니다."

"또 있습니다. 화재가 났을 때를 기억하십니까? 그때 당신은 그 건물 근처를 지나고 있었고 수많은 사람들을 구해낼 수 있는 기회가 있었죠. 그러나 당신은 그들을 구하지 않았습니다. 많은 생명을 구할 수 있는 엄청난 기회였지요. 만약 당신이 그들을 구해냈다면 모든 사람들이 당신을 존경하고 칭송했을 것입니다."

남자는 그 말을 듣자 흐느끼기 시작했습니다.

"너무 무서웠어요, 사람들을 구하러 들어갔다가 건물이 무너지면 어쩌나 하는 생각 때문에…."

"그리고 또 한 가지가 있습니다. 긴 머리를 지니고 있던 아름다운 여인을 기억합니까? 당신은 속으로 그녀를 짝사랑하고 있었지만 거절당하는 게 두려워 끝까지 당신의 마음을 숨겼지요. 그때 당신은 행복한 가정을 만들 기회를 잃은 것입니다."

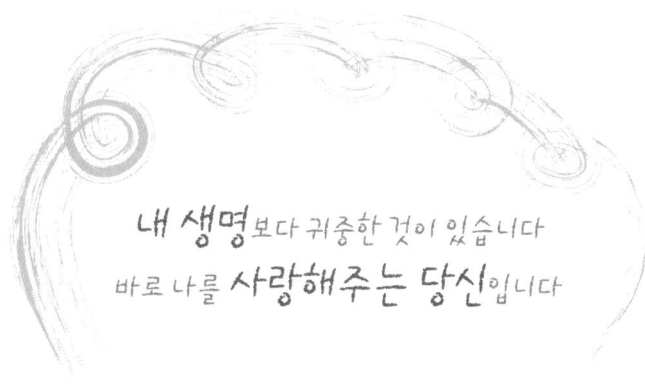

내 생명보다 귀중한 것이 있습니다
바로 나를 사랑해주는 당신입니다

죽음으로 지킨 우정

아버지가 사업에 실패하여 온 가족이 뿔뿔이 흩어진 것은 제가 고등학교 3학년에 올라간 3월이었습니다. 아버지는 빚쟁이들에게 쫓겨 자취를 감추셨고 어머니는 지방에 있는 외삼촌댁으로 내려가셨습니다. 그리고 저는 친구 기훈이네 집에 잠시 신세를 지고 있었습니다. 갑작스러운 일에 모든 것이 끝났다고 생각한 저는 학교도 가지 않고 먹지도 못하는 술을 마시며 시간을 보냈지만 기훈이는 포기하지 않고 저를 지켜주었습니다.

"네가 여기서 공부를 포기한다면 나도 포기하겠어. 그렇게 되면 넌 친구의 앞길도 막은 게 되는 거야. 자 이제 네가 결정해."

결국 저는 기훈이의 말에 고개를 숙이고 말았습니다. 그리고 열심히 공부해서 우리는 같은 대학에 들어가게 되었습니다. 그 사이 집안 사정이 그래도 좀 나아져 부모님과 함께 살 수 있는 작은 방도 마련할 수 있었습니다.

기훈이와 저의 우정에는 변화가 없었습니다. 지방에서 같이 자취를 하며 라면으로 끼니를 때우기도 했고, 수업을 같이 빼먹고 놀러 다니기도 했고, 함께 밤을 새우며 공부를 하기도 했습니다.

그러던 어느 여름날, 우리는 다른 친구들과 함께 서해안 바닷가로 놀러 갔습니다.

기훈이는 혼자서 수영을 하고 있었고 저는 같이 놀러간 여학생들에게 수영을 가르쳐준다며 함께 어울리고 있었습니다.

한참을 놀아서 다들 기운이 빠졌을 때, 한 여학생이 비명을 질렀습니다.

"누가 물에 빠졌어! 저길 봐!"

한참이나 떨어진 곳에서 누군가 허우적거리고 있었습니다.

"기훈이다!"

허우적거리고 있는 사람은 다름 아닌 기훈이었습니다. 그러나 그 누구도 그를 구할 생각을 하지 못했습니다. 워낙 바다 멀리 나가 있었기 때문입니다. 앞뒤를 재고 있을 수만은 없었습니다. 저는 물 속으로 뛰어들어 기훈이를 향해 헤엄쳐갔습니다. 그리고 있는 힘을 다해 손을 뻗었습니다. 그러나 기훈이는 제 손을 뿌리쳤습니다. 아주 매몰차게 말입니다. 그러더니 어떻게 손을 쓸 사이도 없이 파도에 휩쓸려 사라지고 말았습니다.

다음날 오후, 기훈이의 시신이 발견되었습니다. 제 손을 뿌리치고 사라졌던 바로 그 자리 밑에 살아 있는 듯, 마치 장난치듯 쪼그린 모습으로 앉아 있었다고 합니다. 잠수부들은 이해할 수 없는 일이라고 했습니다. 파도의 물살에 시신이 움직이지 않았다는 것은 참으로 신기한 일이라고 말입니다.

그러나 저는 알고 있습니다. 자신을 구하려고 달려들다가 저까지 목숨을 잃을까 두려웠던 것입니다. 그래서 남은 힘을 다해 살아나려고 허우적거린 것이 아니라 남은 힘을 다해 물 속에 잠겨 있다던 것을 말입니다.

당신의 가장 소중한 것을 받고 싶습니다
바로 당신의 마음을 말입니다

생일 선물

'다이아 반지를 원하는 것도 아닌데…'

아내는 화가 나서 견딜 수가 없었습니다. 결혼 생활 3년째, 벌써 세 번

째 맞이하는 생일이지만 이번에도 남편의 선물은 없었습니다.

빠듯한 살림살이를 모르는 것은 아닙니다. 남편의 지갑엔 늘 천 원짜

리 지폐만 몇 장 있다는 사실도 잘 알고 있습니다. 그러나 비싼 선물

을 원하는 것도 아닌데, 매번 경제적으로 힘들다는 이유만으로 자신의 생일을 모른 채 지나가는 남편이 미웠던 것입니다.

'지갑이 얇아서 그러는 게 아니야. 애정이 없는 거지.'

참다 못한 아내는 그렇게 결론을 내리고 옷을 차려입고 외출준비를 서둘렀습니다.

'내 생일 선물은 내가 알아서 챙기겠어.'

아내는 백화점으로 가리라 마음먹었습니다. 그리고 막 현관 문 손잡이를 돌리는데, 문틈에 끼어있던 하얀 봉투 하나가 툭 떨어졌습니다.

아내는 조심스럽게 편지 봉투를 열어보았습니다.

아내의 *31번째* 생일을 맞는 남편의 생각

가장 적십할 때 내 곁에 있어 준 사람
나로 인해 가장 큰 기쁨을 누릴 자격이 있는 사람
다른 어떤 것으로도 그 자리를 대신할 수 없는 사람
라일락 향기처럼 늘 변치 않는 향기를 가진 사람
마주 보고 있는 것만으로도 미소짓게 만드는 사람
바람결에라도 그 존재가 느껴질 것 같은 따스한 사람
아침에 눈뜰 때마다 그 눈부신 모습이 기다려지는 사람
자연스러운 하나로도 아름다울 수 있는 사람
카드에 적어 보낸 작은 사연만으로도 행복해할 줄 아는

사랑
하느님께서 주신 그런 당신을 그분의 이름으로 사랑
합니다.

        — 사랑하는 남편으로부터

아내는 남편이 몰래 써놓은 편지를 읽으며 오랫동안 그 자리에 서 있었습니다. 편지를 읽고 또 읽으면서….

왜 **인생**을 살아갑니까?
혹시 **목적**도 없이 그냥 살아가고 있지는 않습니까?

삶의 목표

저녁 식사를 마친 아버지가 갓 중학교와 고등학교에 입학한

아이들을 앉혀 놓고 물었습니다.

"너희는 앞으로 대학에 들어갈 생각이냐?"

"대학이요? 당연히 들어가야죠."

고등학교에 들어간 큰딸이 당연하다는 얼굴로 대답했습니다. 아버지는 중학생이 된 아들에게도 물었습니다.

"에이, 아버지는 뭐 그런 걸 물어보세요? 당연히 대학에 가야죠."

"그래, 그렇다면 왜 대학에 가야 하는지 얘기해 보겠니?"

아버지의 이상한 질문에 큰딸은 대답했습니다.

"아빠, 오늘 정말 이상하세요. 대학을 가지 않으면 창피하잖아요? 남들은 다 가는데…."

딸의 대답을 듣는 순간, 아버지의 얼굴이 일그러졌습니다. 그리고 단호하게 말했습니다.

"내가 여기서 너희들에게 확실하게 말해두겠다. 너희 둘다 모두 대학에 가지 않았으면 좋겠다. 이건 나의 분명한 의견이다. 모두 대학에 갈 생각을 하지 말거라. 아빠의 소원이다. 부디 아빠의 마지막 소원으로 알고 꼭 들어다오. 너희들이 아빠를 정말로 사랑한다면 말이다."

순간 아이들은 할 말을 잃어버렸습니다. 세상의 모든 아버지들이 자녀의 대학 진학을 꿈꾸는 마당에, 그것도 해외유학까지 다녀와서 대학 교수로 재직하고 있는 아버지가 그런 말을 하리라고는 상상도 못했기 때문입니다.

그러나 너무나 단호하게 말하고 안방으로 들어가는 아버지를 붙잡고 더 이상 다른 말을 할 수는 없었습니다. 그렇게 시간이 흘러 큰딸이 드디어 대학입시를 눈앞에 두게 되었습니다. 딸은 굳게 마음먹고 아버지에게 다가가 말했습니다.

"아버지께서 그렇게까지 말씀하셨는데, 정말 저도 아버지를 사랑하고, 또 아버지 말씀을 거역하고 싶지 않아요. 그렇지만 이번 한 번만 제 부탁을 들어주세요. 저, 대학에 가겠어요. 죄송해요. 만약 제가 대학을 가지 않으면 이 세상에 아픈 사람들이 더 많아질 거예요. 저는 의학을 공부해서, 몸이 아파도 병원에 찾아오지 못하는 가난한 사람들을 직접 찾아다니면서 고쳐주는 의사가 되고 싶어요."

눈을 감고 딸의 말을 듣던 아버지가 눈을 뜨더니 딸을 꼭 안아주며 말했습니다.

"됐다. 이젠 인생의 목표가 생겼으니 대학에 가도 좋다."

씨앗을 뿌리는 이유는
미래를 내다보기 때문입니다

사랑의 나눔

점잖게 보이는 노신사가 백화점 안으로 들어서서는 이곳저

곳을 둘러보다가 백화점의 책임자를 찾았습니다.

"이 백화점을 통째로 사겠다고요?"

"네, 그렇습니다."

"아니, 저희는 백화점을 매각할 계획이 없습니다."

느닷없이 백화점을 찾아와 백화점을 통째로 사겠다고 말하는 노신사를 바라보며 백화점 책임자는 당황하고 있었습니다.

"아! 제가 그만 실수를 했군요. 전 경영권을 달라는 게 아니라 딱 1시간 동안 백화점을 전세내고 싶다는 것입니다."

"네? 1시간 동안이요?"

"네, 그렇습니다. 1시간 동안 이 백화점을 빌리고 싶습니다."

이처럼 황당한 제의를 한 사람은 프랜차이즈 음식점을 운영하고 있는 기업의 회장이었습니다.

"크리스마스이브에 1시간 동안 저희 아이들이 이 백화점에서 쇼핑을 할 수 있도록 전세를 내고 싶습니다. 그 1시간 동안은 저희 아이들 외에 다른 손님을 받아서는 안 된다는 게 제 조건입니다. 가능하겠습니까? 그 아이들이 쇼핑한 비용은 제가 다 지불하겠습니다. 물론 그 사이에 다른 손님을 받지 않아 생기는 손해까지 보상해드리겠습니다."

묵묵히 그의 말을 듣던 백화점 책임자는 그를 바라보며 말했습니다.

"혹시 무슨 특별한 이유라도 있는지 여쭤봐도 실례가 되지 않을까요?"

"아이들에게 선물을 주고 싶어서요."

그가 백화점을 전세 내려고 하는 이유는 간단했습니다. 인근의 사회복지시설과 고아원에 살고 있는 아이들에게 직접 선물을 고를 수 있는 기회를 주기 위해서였던 것입니다.

그의 뜻을 전해들은 백화점측은 그의 제안을 기꺼이 받아들였습니다. 그리고 이 행사는 매년 크리스마스 시즌마다 열리게 되었습니다.

 일단 백화점이 문을 열면 아이들은 단거리 경주라도 하듯 백화점으로 뛰어들어가 마음에 드는 물건을 마음껏 고릅니다. 물론 그동안 다른 손님들은 아예 백화점에 출입조차 할 수 없습니다. 오로지 아이들만 자유롭게 물건을 고를 수 있는 것입니다.

크리스마스이브에 실시되는 이 행사에는 몇 가지 특이한 규칙을 갖고 있었습니다.

쇼핑 시간은 딱 한 시간이고 쇼핑할 수 있는 물건의 분량도 자신이 두 손으로 들 수 있는 양을 넘지 말아야 합니다. 쇼핑 시간을 제한한 것은 아무리 좋은 일도 언젠가는 끝이 있다는 것을 알리는 것이며, 쇼핑 분량을 제한하는 이유는 아무리 욕심을 내도 더 이상은 소유할 수 없다는 것을 어려서부터 가르쳐주기 위한 것이라고 합니다.

그러나 정말 중요한 규칙은 따로 있습니다. 바로 자신은 하나 이상의 선물을 가질 수 없다는 것이 그것입니다. 자신의 것은 하나로 제한하고 나머지는 무조건 다른 사람에게 선물해야 합니다.

"자신이 불우한 환경에 있다고 해서 다른 사람의 도움만 받으려고 해서는 곤란합니다. 작은 것이라도 이웃과 함께 나누어야 한다는 것을 아이들에게 깨닫게 하고 싶었습니다."

사랑을 받는 방법은 간단합니다
많이 주면 많이 받을 수 있습니다

사랑의 릴레이

정수 아빠는 지쳐 있었습니다. 하루 종일 낡은 트럭을 끌고
일거리를 찾아 다녔지만 모두 허탕이었습니다.

'오늘도 빈손으로 집에 들어가야겠군. 정수하고 정수 엄마 얼굴을 어
떻게 보나!'

정수 아빠에게는 초등학교에 다니는 아들 정수와 아내가 있었습니다.

그러나 벌써 몇 달째 일거리를 찾지 못하고 있었습니다.

공장이 문을 닫은 후, 정수 아빠는 밀린 월급 대신 낡은 트럭 한 대를 받았습니다. 그래도 그는 아주 운이 좋은 경우였습니다. 어떤 사람은 그것조차도 받지 못하고 퇴사했기 때문입니다.

그러나 낡은 트럭으로 가족들의 생계를 이어가는 것은 너무나 힘든 일이었습니다.

'오늘따라 왜 이렇게 춥지? 눈까지 퍼붓고 말이야.'

낡은 트럭이었기에 문틈으로 들어오는 찬바람이 매서웠습니다. 게다가 굵은 눈송이들이 펑펑 쏟아지고 있었습니다. 그렇게 한참을 달리고 있을 때 길가에 차를 세워 두고 서 있는 노부인이 보였습니다.

'차가 고장난 모양이군.'

정수 아빠는 서둘러 도로 곁에 차를 세우고 노부인에게 천천히 걸어갔습니다. 자기를 향해 걸어오는 남자를 발견한 노부인은 반가운 마음보다 먼저 두려움을 느꼈습니다. 헝클어진 머리와 마구 자란 긴 수염, 게다가 거친 옷차림을 하고 있는 남자가 혹시나 자신을 해칠지도 모른다는 생각 때문입니다.

그러나 정수 아빠는 그런 노부인의 표정에는 아랑곳하지 않고 자동차 곁으로 다가갔습니다. 살펴보니 타이어에 펑크가 나 있었습니다.

"타이어를 갈아 끼워야 하겠군요. 트렁크에 스페어타이어가 있나요?"

노부인은 추위에 떨면서 조용히 고개를 끄덕였습니다.

"그럼 제 차에 타고 계시죠. 날이 춥습니다. 낡은 차지만 바깥보다는 나을 겁니다."

정수 아빠는 그렇게 말하고는 타이어를 갈아 끼우기 시작했습니다. 추운 날씨에 작업을 하느라 손에 몇 군데 상처를 입고 옷과 손이 기름때로 더러워졌지만 별로 신경 쓰지 않았습니다. 타이어를 다 갈아 끼운 정수 아빠는 걱정스러운 듯 바라보고 있는 노부인에게 다가갔습니다.

"다 끝났습니다. 그럼…."

노부인은 고개를 숙이고 인사를 했습니다.

"감사합니다. 조그만 사례를 하고 싶은데…."

노부인이 지갑을 꺼내들려고 했지만 정수 아빠는 그대로 자신의 낡은 트럭에 올라 시동을 걸며 말했습니다.

"사례는 필요없습니다. 다음에 도움이 필요한 사람을 보게 되시거든 그 사람들을 도와주세요. 그리고 저를 기억해 주세요. 그게 제가 받고 싶은 사례입니다."

정수 아빠는 그렇게 말하고는 떠났습니다. 노부인은 낡은 트럭의 뒤꽁무니를 바라보며 그를 잠시라도 의심했던 자신을 창피하게 생각했습니다.

'저 사람이 아니었다면 이렇게 추운 날 꼼짝도 하지 못했을 거야. 다른

차들은 모두 길가에 서 있는 나를 보고도 그냥 지나쳤는데….'

노부인의 가슴은 따스해졌습니다. 흐뭇한 마음으로 운전을 하던 노부인의 눈에 작은 카페가 보였습니다.

'저기 가서 따끈한 커피라도 한잔 마시고 가야겠군.'

노부인은 차를 세우고 안으로 들어갔습니다. 그리고 따뜻한 곳에 자리를 잡고 앉아 커피를 주문했습니다. 그런데 여자 종업원은 커피보다 먼저 수건을 가져왔습니다.

"눈을 많이 맞으셨네요? 일단 이 수건으로 좀 닦으세요. 제가 금방 따끈한 커피를 가져다드리겠습니다."

환한 미소로 건네주는 수건을 받아든 노부인은 조심스럽게 그 종업원을 살폈습니다. 만삭의 몸이었지만 웃음을 잃지 않고 열심히 일하고 있었습니다.

'몸이 많이 무거울텐데, 참으로 상냥한 사람이구먼.'

노부인은 그런 생각을 하다가 문득 아까 자신을 도와준 낡은 트럭 운전사를 떠올렸습니다. 노부인은 자신이 빚진 그 고마움을 그녀에게 갚아야겠다는 생각이 들었습니다.

노부인은 커피를 다 마신 후 카운터로 다가가 백만 원짜리 수표를 내밀었습니다. 그리고 종업원이 잔돈을 준비하려고 잠시 자리를 비운 사이

밖으로 나와 차를 몰고 집으로 향했습니다.

거스름돈을 들고 돌아온 종업원은 노부인이 앉았던 그 테이블 위에 놓여진 메모를 발견했습니다.

"누군가가 내게 베풀어준 친절에 대한 선물입니다. 내가 어려운 상황에 처해 있을 때 누군가의 도움으로 그 상황을 벗어날 수 있었습니다. 지금 내가 당신을 돕는 것과 같은 방식으로 말입니다. 이 마음이 다른 누군가에게 이어진다면 더욱 바랄 것이 없겠습니다."

하루 일과를 다 마친 종업원은 집으로 돌아가 잠자리에 들면서 낮에 만난 노부인을 생각했습니다.

'요즘 우리가 돈에 너무나 쪼들리고 있다는 사실을 어떻게 알았을까?'

이제 다음달이면 둘째가 태어날 예정이었습니다. 그래서 그녀에게는 한 푼이 아쉬운 시기였습니다. 그렇기에 노부인이 주고 간 돈은 그녀에게 아주 요긴한 것이었습니다.

그녀는 자신을 기다리다가 먼저 잠든 남편의 얼굴을 바라보며 말했습니다.

"정수 아빠! 하루 종일 낡은 트럭을 몰고 일자리를 구하러 다니느라 힘들었죠? 하지만 이제 너무 걱정하지 말아요. 모든 게 잘 풀릴 거예요."

불행은 다가오는 게 아닙니다
다만 우리가 그곳으로 걸어갔을 뿐입니다

딸이 남긴 쪽지

영안실에서 딸의 시신을 확인한 아버지는 정신이 없었습니다.

"교통사고였습니다. 따님은 친구들과 술을 마시고 자동차를 몰고 가다

가 그만…"

서울 한복판에서 고등학생들이 술에 취해 자동차를 몰고 다니다가 사고를 낸 것이었습니다.

친구들과 모여 술을 마시던 중에 길가에 세워둔 차를 발견한 것이 불행의 시작이었습니다. 차에 그대로 꽂혀 있는 자동차 열쇠를 발견한 한 친구가 차를 몰고 가보자고 제안했고, 술에 취해 이성을 잃은 친구들 모두 면허도 없는 친구가 운전하는 차에 오른 것입니다.

결국 그들이 타고 가던 자동차는 가로수와 정면으로 충돌하면서 형체를 알아볼 수 없을 정도로 찌그러졌고, 그 안에 타고 있던 4명의 고등학생 모두 그 자리에서 목숨을 잃었던 것입니다.

설명을 다 들은 아버지는 고개를 저으며 말했습니다.

"아니야, 그럴 리 없어…. 그럴 리가 없다구. 우리 애가 술을 마시다니!"

아버지는 고개를 좌우로 흔들며 소리를 질렀습니다. 그러다가 정신을 잃은 사람처럼 멍하니 서서 굵은 눈물만 뚝뚝 흘릴 뿐이었습니다.

"자, 이제 정신을 차리세요…."

곁에서 이 모습을 지켜보던 경찰관이 어깨를 두드리자 갑자기 정신을 차린 듯 아버지가 소리쳤습니다.

"술을 먹었다구요? 절대로 가만두지 않을 겁니다! 어린 학생들에게 술을 팔다니! 내가 아이들에게 술을 판 사람을 잡아내고 말겠어요!"

이성을 잃은 듯 몹시 거친 목소리로 외치던 아버지는 경찰관의 도움으로 간신히 집으로 돌아왔습니다. 집으로 돌아온 아버지는 슬픔을 삭이기 위해 평소에 술병을 놓아두던 장식장 문을 열고 술병을 꺼내 들었습니다. 맨정신으로는 도저히 견딜 수 없었던 것입니다.

그런데 술병을 들어올리자 술병 뒤에 이상한 쪽지가 하나 놓여 있었습니다.

"아빠! 아빠가 가장 사랑하는 딸이 이 많은 술중에서 한 병 정도 가지고 갔다고 해서 크게 화내시지는 않겠죠?"

그 순간 아버지는 그 자리에 털썩 주저앉고 말았습니다.

사랑이란,
숨쉬는 공기나 **따스한 햇살**처럼
항상 내 곁에 머물러주는 따스한 시선입니다

사랑의 우체부

"**당**신을 진심으로 사랑합니다. 이 마음을 당신에게 전하고

자 이렇게 편지를 씁니다."

청년은 그 여자만 생각하면 가슴이 뜨거워졌다. 그러나 사랑이 타오를

수록 직접 여자 앞에 나설 용기는 점점 작아져만 갔습니다. 그래서 생

각해낸 방법이 바로 사랑의 편지였습니다.

'매일 이렇게 편지를 보낸다면, 그녀도 내 마음을 알아줄 거야.'

청년은 매일 애끓는 마음을 편지에 담아 여자에게 보냈습니다. 어느 날에는 별을 노래했고, 때로는 밤새도록 책을 읽고 가장 감동적인 구절을 옮겨 적기도 했습니다.

'이렇게 계속 편지를 보내면 누군지 궁금해 할거야. 100일간 편지를 쓰고 딱 100일이 되는 날 그녀 앞에 나타나 사랑을 고백하는 거야!'

청년의 계획은 그랬습니다. 그리고 시간은 흘러 99일이 되었습니다. 매일 사랑의 마음을 편지로 보낸다는 것은 정말 어렵고 힘든 일이었지만 청년은 굳은 신념을 가지고 편지를 썼던 것입니다.

100일째 되는 날, 편지를 부치려고 우체국에 들른 청년은 그만 너무 놀라 그 자리에 쓰러질 뻔했습니다. 우체국에서는 그 우체국에 다니는 직원의 결혼식이 거행되고 있었고 신부는 다름아닌 청년이 그토록 사랑하던 여자였기 때문입니다. 결혼식이 진행되면서 사회자가 신부에게 '신랑을 선택한 이유'에 대해 물었습니다. 그러자 신부가 입을 열었습니다.

"매일 저에게 편지를 보내주신 분이 있었어요. 처음에는 '누가 나한테 이런 편지를 보내는 걸까?' 하고 궁금하게 생각되어 그 편지가 기다려졌어요. 그런데 나중에는 그 편지보다 편지를 가져다주는 분의 환하고 따스한 미소가 더욱 기다려지더라구요. 그리고 그것이 사랑이라는 것을 깨달았습니다."

전화:(055.
팩스:(055.
특판:(055)2
www.yescall